U0500167

张 进 主编

国外文论前沿译丛

文学的独特性

[英] 德里克·阿特里奇 著

张 进 董国俊 张丹旸 译

The singularity of literature 1st Edition / by Derek Attridge / ISBN：9781138701274
Copyright © 2004, 2017 Derek Attridge. Authorized translation from English language edition published by Routledge, part of Taylor & Francis Group LLC; All rights reserved.
本书原版由 Taylor & Francis 出版集团旗下，Routledge 出版公司出版，并经其授权翻译出版。版权所有，侵权必究。
Intellectual Property Publishing House Co., Ltd. is authorized to publish and distribute exclusively the Chinese (Simplified Characters) language edition. This edition is authorized for sale throughout Mainland of China. No part of the publication may be reproduced or distributed by any means, or stored in a database or retrieval system, without the prior written permission of the publisher.
本书中文简体翻译版授权由知识产权出版社独家出版并仅限在中国大陆地区销售。未经出版者书面许可，不得以任何方式复制或发行本书的任何部分。
Copies of this book sold without a Taylor & Francis sticker on the cover are unauthorized and illegal.
本书封面贴有 Taylor & Francis 公司防伪标签，无标签者不得销售。

图书在版编目（CIP）数据

文学的独特性／（英）德里克·阿特里奇著；张进，董国俊，张丹旸译 . —北京：知识产权出版社，2019.12（2021.10 重印）
ISBN 978-7-5130-6742-3

Ⅰ.①文…　Ⅱ.①德…②张…③董…④张…　Ⅲ.①文学评论—研究　Ⅳ.①I0

中国版本图书馆 CIP 数据核字（2019）第 296128 号

责任编辑：刘　睿　刘　江　　　　　责任校对：潘凤越
文字编辑：李　硕　　　　　　　　　责任印制：刘译文

文学的独特性

[英] 德里克·阿特里奇　著
张　进　董国俊　张丹旸　译

出版发行：**知识产权出版社**有限责任公司　　网　　址：http://www.ipph.cn
社　　址：北京市海淀区气象路 50 号院　　　　邮　　编：100081
责编电话：010-82000860 转 8344　　　　　　 责编邮箱：liujiang@cnipr.com
发行电话：010-82000860 转 8101/8102　　　　发行传真：010-82000893/82005070/82000270
印　　刷：北京建宏印刷有限公司　　　　　　 经　　销：各大网上书店、新华书店及相关专业书店
开　　本：880mm×1230mm　1/32　　　　　　印　　张：8
版　　次：2019 年 12 月第 1 版　　　　　　　印　　次：2021 年 10 月第 2 次印刷
字　　数：202 千字　　　　　　　　　　　　定　　价：48.00 元
ISBN 978-7-5130-6742-3
京权图字：01-2020-0137

国家社科基金重大项目"丝路审美文化中外互通问题研究"（项目编号：17ZDA272）阶段性成果；

广东省普通高校人文社会科学研究重点项目"比较诗学与跨文化研究"（项目编号：2018WZDXM007）阶段性成果

2017 年版编者语

《伊利亚特》和《贝奥武夫》提供了丰富的历史信息资源。亨利·菲尔丁（Henry Fielding）和亨利·詹姆斯（Henry Jarmes）的小说可能对道德生活的艺术具有启发性。一些人走得更远，认为埃米尔·左拉和哈丽雅特·比彻·斯托的作品在改善恶劣环境下人们的生活发挥了作用。但是，正如德里克·阿特里奇在这本杰出的、广受赞誉的书中所论证的那样，这些力量都不是文学所独有的。文学的独特性是什么？"文学"和"文学的"这些术语是指某个时代文化中的确定实体，还是这些文化的表达特色？阿特里奇认为，对定义和还原的抵制不是一条死路，而是一个重新探索西方艺术的力量和实践的关键起点。

阿特里奇为文学提供了丰富的新词汇，重新思考了诸如"创新""独特性""他性""他异性""表演""形式"等术语。他出于对文学在伦理上的重要性的考虑，论证了如何以一种"负责"的、创造性的阅读方式对文学进行新的解读。

《文学的独特性》不仅对文学理论作出了重要贡献，而且对读者、作家、学生或评论家来说都是一本可获得文学的非凡乐趣的著作。

前　　言

　　把一部文学作品看作文学作出反应时，究竟意味着什么呢？当我们阅读小说、参与戏剧表演或者通过广播收听诗朗诵时，很显然我们是做着不同的事情，也会体验到许多种不同的快乐或不快。那么，这其中哪一种是对文学品质的独特反应呢？这些品质能够在依据惯例没有被归入文学的作品中找到吗？我们应该赋予这些品质什么样的重要性呢？

　　这些都是文学中老生常谈的问题，对此也有许多不同的答案，但它们依旧令人困惑。本书提出的新答案（有些也是旧答案的再阐释），来源于我自己的文学体验，特别是艺术体验，也直接或间接地来源于对与这些体验有关的哲学话语的理解。如果我倡导了对文学批评传统中的许多熟悉概念（如意义、形式、语境、阅读、独创性和反应性等）的再思考，这是因为我相信文学完全欢迎也需要这样的再思考。

　　近几十年来，关于文学再思考的著作大量涌现。如果《文学的独特性》是一本与众不同的书，它也仍会建立在大量的引文和注释之上。我的目标是尽可能地写出一本让读者容易接近的书，因此我总是在抵制认同前辈和文学社团的诱惑，我的论述也尽量避免被卷入争论，这样就不会把我的思考放置在已经艰苦地争论了好长时间的问题上。为此，我在书后补充了一个简单的借鉴与说明，我想尽量表明我的主要论点的理论来源，并指出可进一步阅读的书目。

　　我以双重目的来论述相关问题：文学的理论性探讨与对库切（J. M. Coetzee）小说的阅读相结合。库切的作品以特别的强

1

度和密度的探究，为我想论述的一些理论问题提供了例证，继而令我的思考最后变得清晰起来。为此我撰写了两本书，一本是《库切与阅读伦理》（*J. M. Coetzee and the Ethics of Reading*），它以对库切散文小说的细读为主；另一本则是以诗歌为例证的本书，我相信可以作为对上一本书的补充。本书中随处可见引用的库切作品，体现了其作品对我的写作的重要启发。

感谢对此书的写作给予帮助和支持的许多朋友。在《借鉴与说明》部分，我提到了那些长期以来帮助我理解德里达著作的重要性及其意义的朋友。确切地说，我从凯瑟琳·戴维斯（Kathleen Davis）、迈克尔·埃斯金（Michael Eskin）、希利斯·米勒（J. Hillis Miller）、安德鲁·帕克（Andrew Parker）和亨利·斯塔恩（Henry Staten）那里得到了对本书初稿颇有价值的反馈意见。其他与我就本书中的论题有过积极探讨的人有：彼得·埃德蒙兹（Peter Edmonds）、汤姆·弗尼斯（Tom Furniss）、马乔里·豪斯（Marjorie Howes）、朱利安·帕特里克（Julian Patrick）、布鲁斯·罗宾斯（Bruce Robbins）、马克·桑德斯（Mark Sanders）、彼得·奥斯本（Peter Osborne）、梅瑞狄斯·麦吉尔（Meredith McGill）、伊林·戴蒙德（Elin Diamond）和卡罗林·威廉姆斯（Carolyn Williams）。后四位是 1997~1998 年和我一起在（新布伦斯威克省）罗格斯大学当代文化研究中心共事的同事，那一年我受益良多。在这里特别感谢那些同事和该研究中心主任乔治·列文（George Levine）。另外，我在罗格斯大学研究生班的同学们，是我写作本书时丰富的灵感和构思来源；也与来自牛津大学、苏塞克斯大学、斯德哥尔摩大学、斯特灵大学、索尔福德大学、艾塞克斯大学、滑铁卢大学、西安大略大学、阿姆赫斯特学院、亚利桑那州立大学、曼彻斯特城市大学、纽约大学、安大略皇后大学的同学们就相关问题的讨论，非常有益地引领我对许多富有价值的难题逐渐明晰起来。感谢林塞·沃特斯（Lindsay Waters）为本书提议的这个恰当的书名；感谢劳特里奇出版社的利兹·汤普森（Liz Thompson），他是每一位作者都想遇到的编辑。

本书再次讨论了已发表的两篇文章中论述的问题，有时也重复了其中的一些措辞。一篇是《革新、文学、伦理与他者的关系》❶（"Innovation，Literature，Ethics：Relating to the Oth-er"）；另一篇是《独特事件：文学、创新与表演》❷（"Singular Events：Literature，Invention，and Performance"）。经版权所有人美国现代语言协会和曼彻斯特大学出版社的许可，本书引用了上面两篇文章中的一些材料。本书中有些段落也引自《文学形式与政治需求：库切〈铁器时代〉中的他性》❸（"Literary Form and the Demands of Politics：Otherness"）一文。我也特别感谢乔纳森·波尔出版公司允许复印《实际的对话》❹（"The Actual Dialogue"，by Mongane Wally Serote）一文。

对约翰·西蒙·古根海姆基金会（John Simon Guggenheim Memorial Foundation）、美国国家人文基金会（National Endowment for the Humanities）、罗格斯大学（Rutgers University）、卡玛戈基

---

❶　德里克·阿特里奇. 革新、文学、伦理与他者的关系［J］. 美国现代语言学会会刊，1999，114：20-31.

❷　德里克·阿特里奇. 独特事件：文学、创新与表演［C］//伊丽莎白·博蒙特-比塞尔. 文学问题. 曼彻斯特：曼彻斯特大学出版社，2002：48-65.

❸　乔治·列文. 美学与意识形态［M］. 新泽西：罗格斯大学出版社，1994：243-263.

❹　蒙赫·沃利·塞洛特. 实际的对话［C］//罗伯特·罗伊斯通. 给有关者：南非黑人诗选. AD. 唐克，1973.

金会（Camargo Foundation）和利华休姆信托基金（Leverhulme Trust）的支持表示感谢，它们使我有可能去阅读、思考、访学、讨论与写作。感谢我的女儿劳拉（Laura）和艾娃（Eva），她们经常能给予我快乐的休息时光；感谢岳父母罗纳德（Ronald）和乔伊斯·霍尔（Joyce Hall）长期以来给予我的支持与鼓励。对妻子苏珊娜·霍尔（Suzanne Hall）的亏欠难以言表，请允许我把这本书献给她。

于约克大学

2003 年

劳特里奇出版社经典版序

《文学的独特性》一书起始于 1997 年，那时我坐在卡西斯的卡玛戈基金会图书馆的桌子旁，那里离马赛不远。我住在那里时，图书馆里供我研究所需的书很少，互联网还处于起步阶段，我望着卡纳尔角壮丽悬崖边的小港经常陷入沉思：当我试图在计算机上遣词造句时，此时此刻到底发生着什么？在我的想法形成一串文字之前，它们以什么形式而存在？如果这被看作一种创造性，那么它与作家在写作时的创造性有何关联？另外，这种创造性与我在阅读文学作品时感觉到的创造性又有何联系？

当然，在思考这些问题的答案时，我并不是在真空中进行的。长期以来，我一直在借鉴我所阅读和听到的论点。经过数年的阅读和思考，本书逐渐成形。它的一个重要特征即核心观念，就是从意识到创造性到最后是一种超越自我反省或经验科学的现象；我们现在也知道，任何未能理解这一事实的文学解释，在这个关键的方面都是有所欠缺的。然而，创造（需要一个轻率的新词来捕捉它的双重性）的个体性行动-事件，有必要与我所说的创新作出对比，它发生在更广泛的文化之中。

本书经过几次校订后，最终于 2004 年得以出版。以正式或非正式的方式，我非常欣喜地了解到本书得到了学生、老师和学者们的关注，它的价值也超出了文学研究领域。正如我在《绪论》里所说的，本书可以被宽泛地看作一本关于艺术的书，书中提出的许多议题——独特性、创新、他性、作者性、形式、个体文化、表演，等等——与音乐、电影、绘画、雕塑或摄影同样有关。我在 2015 年出版的《文学作品》[1] 一书中，更详尽地阐述了与文学有关的一些问题，也提供了一些为本书论点辩护的评论，并更明确地阐述了我的思考与其他文学理论话语之间的关系。

自我待在卡玛戈基金会图书馆以来的 20 年里，文化发生了许多变化，文学也在不断地被生产和消费。我曾问自己，如果我现在开始写这本书，是否会写出一本完全不同的书。为了将本书的篇幅控制在计划的范围内，以下段落是我砍掉的一些文字，它们表明我当时对文化景观的感觉如何促成了本书的写作，也可检验本书的论述是否持续有效。

文学是我们认为理所当然的东西。尽管电影、电视、个人电脑和游戏机的时代已经到来，被写作、编辑、出版、发行、阅读、讨论、教授的文学作品在规模上似乎越来越多。由于持续不断的西方化进程，"文学"的观念遍布全球的每个角落，成为大家所熟知的东西。然而，或许正因为文学无处不在，它作为一种活动和概念的特质，无论在我们的日常生活还是学院的专业领域中都很少被充分表述。当我们谈论文学和个体的文学作品时，我们不可避免地在谈论我们所能够谈论的东西。在我们的随意交谈中，我们讨论情节、背景、事件和人物，并对写作的力量和描写的准确性表示钦佩或失望。在我们出版的评论性和理论性著作中，我们借鉴了大量的术语和概念以供比较、分析和历

---

[1] 德里克·阿特里奇. 文学作品 [M]. 牛津：牛津大学出版社，2015.

史化。

的确，不乏把文学定义为一种概念、大量文本或文化实践的尝试。但是，如果我们无法谈论给予某些文学作品很高评价的、使文学存活很久或反对这种不平等的最重要理由，或至少在非正式讨论或哲学、美学批评的传统中，没有现成的词汇和概念工具能够解释这种缘由，那怎么办呢？如果我们现在使用的有关文学作品的大量学术和批评资源，对讨论对象本质的遮蔽和阐明一样多，那又怎么办呢？本书的主题是文学的独特性，它在当代文化和抵制我们根深蒂固的思考和言说习惯中可能有一种持续的价值。

观察今天的学术出版目录，你会发现主流的文学批评很少论述我提出的问题。文学被看作一种文化现象，需要在其历史语境中进行分析，并与文化的、政治的、经济的和社会的许多现象联系起来。毫无疑问，我的论述可能会对这种分析模式提出挑战。另外，文学理论往往是更有独创性地重读那些我们熟知的哲学经典，而不是直接参与到试图公正地把文学作品看作文学时所遇到的问题。抵制这种趋势的声音，通常采取时光倒转的方式，为时已晚地抵制"理论"和"政治"对过往的批判性评价的入侵。在这些研究中（尽管到最后就其本质而言表现出一种重复性趋向），不难发现一些充实的、富有启发性的工作，也不难发现对难以获得这种流行趋势的一些解释。在科技迅猛发展的 21 世纪，这些研究首先处在更广阔的、不断扩大的专业化和工具化的氛围中。

尽管我今天写下的文字可能差不多，但是重点会有所不同。

特别是上文最后一段的开头，我感到今天的情况不像 15 年或 20 年前那样显著。许多迹象表明，仅将文学作为文化指标的分析模式，不像当年那样占据主导地位。有时被称为"新审美主义"或"新形式主义"的东西越来越多，虽然我认为这些标签不太成功，但是它们出现在批评话语中的事实，表明时代氛围正在发生变化。将批评的任务作为走出从过去的文学作品中搜寻意识形态缺陷或者将其看作英勇反抗那个时代压迫性的政治力量的方法，在当下的文学批评中还不是很明显。但我所说的"文学工具主义"一直在退缩，文学批评开始更多地关注过去作品的特殊性和文学价值。（当代文学总是更有可能依据它们自身的方式被讨论，因为没有更多动机去恢复语境和暴露隐藏的偏见。）我们很少听到"逆向阅读"或"抗拒的读者"，某种阅读的政治观念正在改变。例如，丽塔·费尔斯基（Rita Felski）的《批评的界限》（*The Limits of Critique*）❶ 与本书相类似，一并对"怀疑的解释学"提出挑战，但它出自一位著名的女性主义批评家，而不是作为对 20 年前盛行的批评模式的暧昧拒绝而被接受的。甚至曾经最倡导工具主义马克思主义文学方法的英国学者特里·伊格尔顿（Terry Eagleton），其文学批评都开始对 F. R. 利维斯的道德化细读作出明显的回应。❷

现在的情况不亚于我写本书的时候。然而，这是学者们承受的压力的不良影响，他们要对文学作品作出"原创性"的评论：从更宽泛的可能语境或更复杂的正式关系中，寻求更有独创性的阐释。诚然，本书对这种特定的争论只作了简要介绍，

---

❶ 丽塔·费尔斯基. 批评的界限 ［M］. 芝加哥：芝加哥大学出版社，2015.
❷ 特里·伊格尔顿. 如何读诗 ［M］. 牛津：布莱克韦尔出版社，2007.

我在其他地方特别是与亨利·斯坦顿（Henry Staten）合著的《诗歌技艺》❶ 一书中作了最充分的论证。我也觉得文学学者通常不愿对他们所研究的作品作出价值判断，似乎表达钦佩或不满会威胁到学术事业的客观性。这种不情愿的做法只是一个科学模式不断深刻影响人文学科的迹象，部分是由可获得的基金资助的本性所驱使的。

《文学的独特性》的中心论点来自雅克·德里达（Jacques Derrida）的著作。尽管保守主义者反对 20 世纪后 25 年里出现在英语世界的"理论"，认为像德里达一样处置文学作品的方法就是追逐文学意识形态的"政治性"解读；然而，有两种方法是完全不同的。对德里达来说，文学在文化和哲学上有巨大的价值，他对文学作品的许多研究，是尝试表明文学如何挑战了以"常识"和西方哲学传统为特色的习惯思维。在某种程度上，正是因为德里达对文学的高估使我着迷于他的著作［另一个对本书产生重要影响的是伊曼纽尔·列维纳斯（Emmanuel Leyinas）的著作；但是，德里达对列维纳斯的解读并不完全忠实于他］。

既然德里达这个名字不再引起学术界和新闻界的广泛震惊或沮丧，有抱负的文学学者也不再有义务拥护或反对他的著作，那么就有可能对其著作作出更慎重的、更详尽的盘点。在我看来，我们还需充分理解德里达思想的启示意义。为了做到这一点，许多有关德里达著作的早期评论需要重新修订。面对德里达生前出版的约 50 部著作、计划出版的约 1.4 万页的讲座材料、陆续发表在期刊《今日德里达》上的文章，以及像马丁·海格

❶ 德里克·阿特里奇，亨利·斯坦顿. 诗歌技艺：最小解释的对话［M］. 伦敦：劳特里奇出版社，2015.

隆德（Martin Hägglund）的《激进的无神论》❶和朱丽叶·弗莱明（Juliet Fleming）《文化笔迹学》❷ 等论著，有必要对德里达撰写的浩繁资料作出细致的研究。我与德里达合编了《文学行动》（*Acts of Literature*，Routledge，1992）一书，收录了他关于文学作品的一些著述，尤其是书中收录的我们之间的访谈，都是孕育本书的重要资源。我相信，还有大量论文、访谈等，也是需要充分考虑在内的。

　　当然，并不是只有德里达和列维纳斯的哲学思想影响了本书的写作。我从未想过把本书写成一本各种文学理论概论的书，也不想在此书中笼统概括对我来说很重要的一些方法。我一直抵制"理论"教学的超市式方法：本周是女性主义，下周是马克思主义，再下周是后结构主义，好像所有方法都"适用于"文学文本（在我自己的教学中，我更愿意与特定的理论家或系列理论作品尽可能地作出深度对话，而这种参与性可能会影响学生的阅读）。自 2004 年以来，出现了大量的文学理论写作，问题是：鉴于本书出版后出现的各种论著，我会改变本书的论点吗？简短的回答是否定的。在我看来，当前理论领域中的名人，并没有抛出有关文学实践或文学经验之本质的重要新观念。但许多评论者和对话者以微妙的方式使我的思考更加敏锐。这里无法一一致谢。然而，库切的虚构和非虚构文学写作，一直激发着我的思考，也影响了本书的写作。关于诗歌的问题，我

❶ 马丁·海格隆德. 激进的无神论：德里达与生命时光［M］. 斯坦福：斯坦福大学出版社，2008.
❷ 朱丽叶·弗莱明. 文化笔迹学：德里达之后的写作［M］. 芝加哥：芝加哥大学出版社，2016.

与诗人兼诗评家唐·帕特森（Don Paterson）有过富有成效的讨论。❶

如果我今天写作本书的话，会更全面地讨论最近引起广泛关注的一个主题——文学在民族文学传统和语言之间的运动。在日渐增长的"世界文学"学术领域（这很容易成为"英文翻译的全球文学"的一种说法），虽然有许多能够引起关注的东西，但是作家和语言之间的交流对文学来说向来是一个富有成效的进程。在任何试图说明文学实践有何特色之处的地方，都需要充分考虑这一进程。的确，恰恰是单一文学实践的观念，在这种语境中会受到质疑。

本书的出发点之一，是文学作品以何种方式在跨世纪或跨文化中对我们产生有力和直接的影响。这是一个文学经验的事实，它在等待完整的理论阐释；而认真地把它作为思考文学特异性基础的结果之一，就是认为独特性的概念不是一个封闭性问题，而恰恰是一个开放性问题。文学作品是独特的，这并不是因为它被锁定在历史保险箱中，以至于我们无法确定能否找到它的密码；而是因为每次阅读文学作品时，它都会发生改变。独特性意味着通过对任何可能的新语境的开放而保持不变（德里达称为"可重复性"）。一些理论著作同样如此：只有在被阅读和重读时，它们才会保持原样。我希望《文学的独特性》属于这一类著作。

德里克·阿特里奇

2017 年于约克

---

❶ 唐·帕特森. 诗歌［M］. 伦敦：费伯出版社，2017.

目　录

第一章

绪　论

一、开篇问题

文学具有使读者心神不安、如醉如痴、感动异常和欣喜若狂的力量，这一点并不缺乏证据，我们在日刊、周报、读书小组、书友俱乐部和即兴的评论中都能够找到。少数哲学家和文学理论家都认真地分析过那些力量。但是，一方面，他们并未尽力使之成为一个体系；另一方面，他们把那些力量划归到不确定性和非理性主义之中。在文学研究者中，不断出现一种把审美效果（也包括审美影响）的问题看作一个重要论题的意向，由此重新开启了一个存在已久却时常陷入沉寂的古老争论。然而，我并不愿像其他大量文学的理论描述那样，以各种不同的哲学命题来大致限定探讨那些问题的方法和我们使用的术语。我更愿意观察文学现象本身，即我们以讨论文学的方式来观察其固有矛盾，以及我们阅读文学时所体验到的那种愉悦和力量。

本书题为"文学的独特性"，好像是对我先前的著作《独特的语言》一书的回应。在某种程度上，本书的论题来源于那本书的研究。简言之，自文艺复兴以来，所有试图区分"文学的"和"非文学的"语言之间差别的尝试都失败了，而这种失败是必然的，有了这种失败，作为一种文化实践的文学才得以被不断建构。❶在进一步探讨文学违背规则和定义的问题时，我试图阐明自己在特定文学作品中的体验和从中获得的愉悦，我发现自己不断地回到两个问题上，它们超越了艺术运动的特殊历史且一直得到人们的公认，但出乎意料地没有得到人们像对待其他理论问题那样的密切关注。第一个问题是革新在西方❷艺术史上的地位问题；第二个问题是个体艺术和艺术家作品的唯一性对读者、观众和听众的重要性问题。我以"创新"和"独特性"（本书书名的另一重含义）这两个术语，来重新定义被广泛认同的艺术特性和我们对艺术的理解，并将它们与另一个在近年来的理论著作中被广泛论述的却有被滥用嫌疑的术语——"他异性"（alterity）或"他性"（otherness）——结合在一起讨论。这种结合并非简单的杂糅；事实上，我认为创新与独特性、他性是不可分割的，并且作为一种实践和惯例的三位一体处于

---

❶ 在《独特的语言》一书中，笔者的研究以文艺复兴时期为起点，这在某种程度上是没有什么特别用意的，也能够在古希腊时期的诸如礼节规范（prepon）、措施（metron）和恩典时刻（kairos）等术语中，引申出适当表明那种特殊情境的相似论述。福特（Ford）的《批评的起源》（*The Origins of Criticism*，安德鲁·福特. 批评的起源：古希腊的文学文化和诗论 ［M］. 普林斯顿：普林斯顿大学出版社，2002：12-22）一书，对上述术语作出了很有价值的研究。

❷ 本书中使用"西方的"这一限定词，只想表明笔者对贴着"非西方的"标签的传统和文化知之甚少，从而无法肯定我的论述在多大程度上适用于它们。我觉得这是一个经验上的问题，但我没有能力去回答它。当然，随着西方的经济日益控制了全球，西方的观念也会历史性地趋于主导地位，这意味着其适用性有可能增加（但无论从哪个方面而言，我都不想赞美这个可能的事实）。

西方艺术的核心地位。❶ 对艺术品的这种观念，会引发我们对另
外两个维度的进一步关注，我认为它们对我们理解艺术作品也
至关重要。这两个维度是：（1）艺术作品是作为一种特殊的事
件而发生的，我称其为"表演"；（2）艺术作品参与到了我们
称为"伦理"的领域。这些论题都将在后面的章节中探讨。

　　各个门类的西方艺术史都是一部革新的历史，许多艺术
家或艺术流派都在不断地寻求着新的表达模式，从而表现人
类生活的新侧面，捕捉人类情感的新体验。这是一个我们都
熟悉的事实，但这一事实的意义一直没有得到人们足够的重
视。大多数人都会认同这种现象，即当我们阅读或观看几百
年甚至数千年前创作的一首诗歌或一部戏剧时，我们还能直
接体验到作者的独创性。但是，对这种现象的解释要么导向
神秘，要么变为不屑一顾地去神秘化。对文学作品的体验，
许多人承认我们与其说是在体验客体，不如说是在体验事
件——一个能够被反复阅读但从来不会重复其先前体验的事
件。然而，很少有人注意到文学作品作为事件的意义。无论

　　❶　在一些哲学争论中，这些问题一直被忽视了。比如在最近出版的两本工具
书的索引中，就一定程度上体现出这一点。一本是高特（Gaut）和洛佩斯（Lopes）
编的《劳特里奇美学导读》（*Routledge Companion to Aesthetics*），另一本是列文森
（Levinson）编的《牛津美学手册》（*Oxford Handbook of Aesthetics*）。这两本书分别有
500多页和800多页，涉猎广泛，但读者无法找到"他异性""创新""他性"和
"独特性"词条，只能在劳特里奇的版本中找到"革新"这一词条。科林·马丁代
尔（Colin Martindale）的《钟表的缪斯：艺术变化的可预测性》（*The Clockwork
Muse: The Predictability of Artistic Change*）一书，在书名上就传达出关于"革新"观
念的虚妄的还原性。马丁代尔的研究具有承认革新处于西方艺术史中心地位的优点，
但根据一个简单的"习惯性"模式来解释这种情况，显然是不合适的。被创造出来
的艺术作品在随后的几个世纪里能够继续保持马丁代尔所说的"激发潜力"，但其
原因并不是像他所论述的那样。

是作为创造者、消费者、批评家还是销售商，在我们面对艺术时，都该重视作品的唯一性以及作品或流派的独特性，我们的审美理论却常常忽视了这一基本事实。尽管有许多人曾尝试描述和分析创造、艺术或其他行为，能够正面解决与之相关难题的却不多。在既有的理解和情感框架内，某种不可想象或难以想象的实体和观念，怎样才能作为被我们理解和感知的世界的一部分而形成呢？创造者又为什么总是把它描述成"使其发生"而不是做某事的体验呢？

在最广泛的意义上，本书可以看作一本讨论艺术的书，我希望它对那些关注艺术而非只是文学的读者有所启发。正如在讨论其他艺术形式时，大多数时候需要将相关的艺术品质分开讨论一样，本书也将分类论述文学的品质，尽管这种分类是人为的、也经常是任意的举动。但本书的论述基本限定在文学范围内，是基于下面两点理由：一是在其他艺术领域，我缺乏足够的训练和体验，因此对它们作出判断总是令我迟疑；二是我认为如果恰当地关注了每一种艺术形式的独特性，会使本书的内容过于冗长，并且难以驾驭它的论述过程，从而干扰我更愿意思考的问题。在与其他艺术形式有所区分的意义上，我在本书中集中论述了"文学的独特性"，而没有过多地讨论其他艺术实践。但在本书的前几章，我还是涉及更广泛的审美领域，并在后几章也偶尔提到其他艺术形式。我相信，将我所界定的文学的主要特征延伸到更广泛的领域——包括在电子媒介的发展下，我们当下所理解的语言艺术可能会（谁知道呢？）走向终结，或者至少是发生某种转型的领域——并不是一件特别困难的事情。

既然我认为对文学或者更确切地说对文学作品的体验，经常超出理性的阐释范围，那么我的论述就不是一个逻辑演绎的结果，而是一篇报告和一次邀请——一篇描述文学特定存在状态的报告，也是一次向读者至少是为延长阅读而分享这种存在状态的邀请。本书力求简练和流畅，所举的例证也只限定在几首短诗中，这也许会在一定程度上影响我的论点的准确性，但我希望完全不会毁掉那些论点（在第八章，我讨论了可能反对我的研究方法更倾向于诗歌而不是其他文学样式的观点）。我希望读者参阅我的另一本书《库切与阅读伦理》，此书就那些观点提供了更多的例证。

　　需要说明的一点是，尝试去理解某种书写文本的"文学性"，并不是在我们的个人生活和社会存在中，描述什么才是那些文本中最重要的东西。有多种方式可以衡量其重要性，在我们的日常生活中，高雅文学未必可以涵盖一切有价值的东西。我们非常珍视的属于文学传统的作品，有许多不同因素决定着其能够存在和运作。严格说来，这其中大多数因素都是非文学的。比如亨里（Henley）的"不可征服"（"Invictus"）或吉卜林（Kopling）的"如果"（"If"）等诗歌，它们至今都能够清晰地给予许多人以抚慰或勇气，但就我在本书中试图探讨的拥有独特而珍贵的力量的文学而言，它们表现得又不是很充分。像《伊利亚特》或《贝奥武甫》这样的作品，也能够被作为蕴含着丰富历史信息的书籍来阅读；菲尔丁和詹姆斯的小说，在道德生活层面或许更具有教化意义；左拉和斯托夫人的作品，给许多生活在不幸当中的人们带来慰藉。但是，那些作品所给予人们的力量，不会只在文学范围内奇特地降临。我认为，文学虽然与其他类型的写作和阅读不同，但它也不会解决所有问题或拯救所有灵魂。然而，正像我将要表明的那样，即使这些效果无法预测地服务于一种政治或道德目的，但我坚信文学是有效的。

二、理解"文学"

"文学""文学的"和"文学性"这些术语，是指在特定时代文化中的实体（客体、惯例或实践）呢，还是指作为组织和简化语言生产与接受的、复杂而易变的进程的一种方式在那些文化中所形成的范畴呢？人们在当下认真思考这些问题的时候，无疑认为第二种情形才是最令人信服的。他们充足的理由是：没有证据表明，由那些术语命名的概念，与独立存在的、命名它们的语言行为客体或行为模式一一对应。人们关于文学观念的讨论，历史漫长曲折又众说纷纭，并与以其他西方语言命名的相似概念的历史，有着密切联系（当然也显著不同）。它们有一个复杂的过去和依旧充满歧义的现在，这成为理解这些相互关联术语时的有价值的线索。

但是，为了理解这组术语和概念在当下的重要性，并将它们与构成西方文明的思想和实践建立起更广泛的联系，从而鼓励人们对西方文明未来发展方向的重新思考，还是有必要思考一下除了文化史或词典编纂研究以外的其他东西。对文学本身的最终分析，似乎总是"超越"了它确认的范畴或实体（比如具有某个特定体制功能的写作，或者与真理有特定关系的写作），并体现出除了表现不同的个人或社会利益"之外"的价值。尽管人们为了阐明文学"超越"或其"之外"的东西，已经作出了许多努力，但它们依旧模糊不清。❶ 这似乎是我们文化中的语言和智力资源，在把这一特性、过程或原则的重要性与作为见证或生产的"文学"这个术语和其他同源词语相联系的时候，无法提供一个直接的路径。

在我试图清晰地作出说明的时候，分析性语言已开始消解我的努力。我使用"特性""过程"和"原则"这些词语，来指称文学在一个完整的知识体系内所能"见证"或"生产"的某些东西，而这些词语又都不是令人满意的。就像在本句中，"见证"或"生产"的观念不能令人满意一样。当然，这种困难是我们正在讨论之事的独特存在状态的一个直接结果。如果我们能够找到一些没有歧义的命名，能够自信地使用一些指称，能够在简单的所指或构成活动中谈论，这就不需要赋予非议论性文学样式一种其他语言实践所没有的独特力量。在当下使用一种非文学话语来表达文学真正能够做怎样的尝试中，存在某种根本矛盾甚至完全错误的东西。但是，在理论性语言和描述性语言允许的范围内，作为一种对文学的其他（经常是还原性的）描述的矫正，以及作为对文学作品的主要阅读活动的增补，这种尝试还是有一定益处的。

尽管我承认严格审查由这些术语命名的实体——（不易定义的）文学本身、个体的文学作品、阅读作品的实践、作为某种文本特性的文学，实际上能够被看作是由命名它们的概念所

---

❶　这个反复发生的难题的表现之一，就是长久以来试图定义一个难测而增补的"我不知是什么"（je ne sais quoi）——区分语言的文学用法和非文学用法。笔者在《独特的语言》一书中，讨论了其在一些历史时期的显著表现。

创造的，但也能够被看作这样一件事情，即困扰着任何理论分析的问题，都来源于那些范畴对概念化过程的抵制。如果"文学"这个术语并非简单地命名了世界上的某些东西，那它也不会简单地生产某些东西出来，而是通过命名或建构过程的充分展现、并在后来的发展中把此过程在某种意义上表演出来，从而使文学的对立面变得复杂。文学也许是一种文化产品，但它从来不仅仅从属于一种文化。

三、文学工具主义

作为伟大的院系合理化调整的一部分，古典与现代语言学系被取消了，曾经是现代语言学教授的他便成了传播学副教授。像所有被调整下来的人员一样，他每年可以开设一门特殊专业课程，而不顾有多少学生选修这门课程，因为这样做有益于保持教师的精神面貌。今年，他开设了一门论浪漫主义诗人的课，另外还开了两门课：传播学 101 的"传播技巧"和传播学 201 的"高级传播技巧"。❶

这是 J. M. 库切在他的小说《耻》中的讽刺性描写，它指大学里特别是文学教学中那种简约的、由管理驱动的方法所带来的影响，它无疑搅动了众多国家读者的心弦。在 20 世纪后 20 年

---

❶ J. M. 库切. 耻 [M]. 伦敦：塞克和沃伯格出版社，1999：3.

里，教育界冒出的许多时髦术语（如质量保证、标杆管理、会计责任、结果评价、表演指标，等等）都表征着一种对教与学以及宽泛意义上对审美领域的态度。但这并不新鲜，狄更斯早在《艰难时世》中就戏仿过这种态度；韦伯、阿多诺和霍克海默也以他们各自不同的方式，把这种态度作为一种重要的历史现象作出过阐述。而在当下，这种态度作为不断全球化的一部分，它比以前更多地渗进了众多领域和活动中。

绝大多数文学批评家、学者、理论家和历史学家，一直强烈地反对这种现象，因为它在政府部门、基金会和教育机构的政策中已明显表明，它是对人文主义学习中许多有价值的东西的一种威胁（这种认识是非常合理的）。然而，同一时期流行起来的有些文学研究模式，在一定程度上可以说是共享了它的许多基本预设，或者至少是按照并不质疑那些预设的文学观念而进行研究。为了简练起见（但也有过于简便之嫌），我将其称为"工具主义"。在这个术语下，我试图消解那些不同但又相互关联的先入之见和倾向性。

我的想法可以粗略地总结为是一种文本（或其他文化产品）的处理方式，这和为达到一个预定目的而使用的方法是一样的。带着一种期待或预设走近一个客体，而这种期待或预设在推进一个既有论题上是工具性的，并作为一种检验或生产那种有用性的方法，对那种期待或预设作出反应。要讨论的问题可以是关于政治、道德、历史、地理、心理学、认知学或语言学的。本书试图以一种不同的方式来思考文学（也包括其他艺术产品和艺术实践）；事实上，文学是以抵制这种思考而被定义的。这样做的时候，我能够从许多思想家那里汲取营养，他们已经做过类似的尝试。在这方面，对我有最重要影响的学者是德里达、布朗肖和阿多诺，但他们的观点对我们的文学评论实践的影响，似乎远没有得到足够的重视。

我所说的对文学的工具性态度，必须马上补充一句，这是因为我们在处理语言文本的多数时候是必要的。它能够使我们有效地处理语言文本，以防止对我们的信念和预设不断地进行再评价，它与我们遇到的大多数写作与言语的主要功能是一致的。在文学研究领域，这种态度一直富有成效，它对文学作品的论述也很有价值。文学作品可以作为早期时代和他种文化历史学的、社会学的以及意识形态的结构表征，也可作为作者精神的、有时是肉体的建构方式，也能把文学植入政治斗争（例如，以人文主义的名义，文学与工人阶级、被压迫种族与民族、妇女和同性恋等的关系），还能用文学作品来例证语言学结构、修辞和形式组织、文类惯例的重要特征。我们常常从过去的文学作品中体验到亲密性和生动性，这种体验很自然地把过去的文学作品，暂时征用为我们的或异域的、文学作品之前存在的证据之源。虽然在这种"真实效果"（一个被创造出来的真实所指的幻象）中存在一定的危险，它会像其起到的帮助作用一样干扰我们对历史和人类的准确判断，但是对文学证据的审慎利用，很明显像利用一种已消失或无法接近的文化模式一样，还是同样有效。

文学的巨大影响力和在文化形成中被赋予的极高估价，不可避免地使其在争取政治或道德的利益中引起关注并被充分利用。虽然就专门研究文学的人而言，有一种无法避免地夸大文学作为政治武器能力的倾向；但毫无疑问，文学在诸如奴隶制的废除或全球一些地区极刑的免除等社会变革方面都起到了重要作用，而这种作用经常是值得赞美的。文学对语言的复杂处理，也是语言学、文体学研究和教育的主要来源。但是文学的复杂性有时超越了一门学科所能涵盖的范围，而这门学科在处理简单句子的时候也发现了非常复杂的问题。通过所有的这些方式，文学在个体发展和社会进步中显现出强大的、不可估量的工具价值。

有一种与众不同的观点认为，文学的工具性态度是文学学术性研究的原动力。那种想得到关注、晋升和物质奖励的欲望（试图谴责或禁止这种欲望是不明智的），持续地生产出文学作品的新读物和新的阅读目的。❶ 研究生们以杰出的良好意识在选择课程或毕业论文题目时，经常以课程或论文对自己所选事业的有用性为基础，而不以它们可能提供的智力刺激和智力回报为前提；文章和书籍是盯着市场和教学大纲写成的；"理论方法"是为了在阅读和写作中有效地利用而掌握的（或学习主要的时髦用语），却不是一种开放性的研究方式，而这种开放性会带来一系列的可能结果，包括正好构成对他们期望服务论题的挑战。这样的工具主义很显然无论何时都会受到评论家的贬抑批评，认为如此这般的一种理论方法或文学偏好现在已经"过时"，这似乎是说文学评论的价值完全存在于它们的时尚性和市场性之中。

毫无疑问，人们在处理语言问题时经常有这样的情况。即使为非功利的语言实践或符号实践发现了一块地方，也会迫于生存和竞争压力，很快将之转化为一种工具。但是近年来，工

---

❶　我的说法不应被理解为是对近年来明显的那种"专业主义"（professionalism）的攻击。像布鲁斯·罗宾斯（Bruce Robbins）在《世俗职业》（Secular Vocations）中论述的那样，"专业主义"比某种谴责中所暗含的意义更加复杂，也更加具有历史情景化的特性。

具主义很明显非同寻常地主导了文学研究界，在教育界的诸多方面也是如此。如今，我们几乎很少遇到对文学作品或哲学作品有这样的反应，即尝试推迟目的性选择的时刻或者论证这种尝试的重要性的理论。认为阅读可以脱离外部动机和外在目的的想法是天真的，要不是因为马克思、达尔文和弗洛伊德的理论，我们也几乎不会意识到作品中隐藏的进程和驱动力，而它们制约着我们的文学计划和表演。然而，以实用功能为目的的阅读和自觉（或不自觉）地对作品的独特话语作出反应并准备接受反应结果的阅读，二者之间还是有明显差别的。

当然，这种向文学的工具性方法越来越多的转变，是更普遍的全球不断向市场价值倾斜过程的一部分，也是把生产率作为判断价值与成功的伦理准则的一部分。我所说的对作品的态度，可以看作对他人和他种文化的态度。近年来，虽然承认文学有政治功能的大多数研究都被置于左翼阵营，但这其中的多数研究在某种意义上可说是参与了文学教育、文学批评和文学出版的工具化体系。大多数文学研究人员，强烈地反对撒切尔政府和里根政府推行的、以利润和生产率为中心的政策对文学研究界的渗透。那样的文学研究与其说是借助了说服力或例证的作用，还不如说是在减少资源和增加竞争的情境下被创造出来，并顺应了自我提升和物质积累的社会思潮。这些政府的继任者（或任何政党），也没有采取任何措施来扭转这种局面。

主导当下文学批评的工具性方法，已生产出许多极富原创

性和启迪性的著作。❶ 事实上，它也制造出大量乏味或缺乏连贯
性的著作，如基于"文本"和"语境"关系粗糙观念的著作，
以及基于高估了文学作品影响政治变革力量的著作。这些著作
来源于丰富的文化实践，但其质量更多的是一种不可避免的研
究失衡的结果。人们经常听到这样的说法：新近出版的文学批
评（用这个词概括所有的评论和编辑评语），在质量上有总体下
滑的趋势。但这是一个极度问题化且无法逃避的意识形态性的
断言，也是一个从来如此、或许永远都如此的断言。然而，我
提及的第二类工具性（文学研究界日益强势的市场化运作，及
其一次又一次的成功），能够很好地解释那些缺乏研究和自我吹
嘘的书籍何以增多的原因。在任何这种评论中，"理论"的作用
是复杂而有趣的。20世纪七八十年代，理论确实为建立成功的
文学批评提供了丰富的新术语和新方法，但细想起来，很多被
功利化的批评对这种文学工具主义也带来了强大的挑战。

　　在工具主义模式下，那些有价值的重要研究成果（无论它
们是基于文学自身还是市场）产生了另外一个结果（这不一定
是一个刻意的结果，也不一定是与其他众多力量共同协作的结
果），那就是在文本领域对文学的独特性和单个作品独特性的深
切关注正在逐渐减少。对此种变化的不满主要来自两类批评家：

---

　　❶ 比如马克思主义批评和女性主义批评，就定义而言在某种程度上就是工具
主义，文学作品是按照来源于社会、政治领域中原有的一系列预设、价值和目的而
被阅读的（这明显不同于"审美"领域的阅读）。但是，人们不应忽视许多这样的
批评，除了它们的（在最好的情况下，是一部分）政治工具性以外，还对它们所阅
读的文学作品的独特性作出反应。人们也不应忽视每次那样的阅读，不管是不是工
具性的，都有意或无意地包括已秉持的预设、价值和目的。我也应该清楚地表明我
不是在谈论语境——会生产和首次接受特定的文学作品——的历史研究，而那样的
研究经常对存有疑问的作品的解读作出有价值的贡献。

一类是对"理论以前"那个时代的怀旧者，那时候主导文学研究的理论性、意识形态性预设，是普遍地未被确认和未经审查的；另一类是那些渴望"较简单的"批评风格的人，那种批评是建立在对文学和个体作品的爱的基础上的。这种怀旧和渴望不会轻易从人们心中摒除，作为一种可理解的反应，那种怀旧和渴望是对我正描述的事态的一种有意义的反应。本书的写作目的就是发现一种更加清晰链接的框架，并在此框架下解释和阐明那些情感和需求。

文化研究的一些变体反对在文学作品和其他作品之间作出任何区分，这是一个必须认真思考的观点。事实上，它是一个我希望几乎能够全盘接受的观点，但是这个"几乎"就是本书的论题。

四、审美传统

提及文学的独特性和文学作品的唯一性问题，就要涉及形式问题，或至少涉及传统意义上以文学形式的名义存在的文本生产的那些方面（为《牛津英语大辞典》撰写"文学"这个词条的作者，可能会以多种方式用它的现代意义来定义文学，他们可能想选择的定义是"适合或具有形式品质意义的书写本文的特征"）。作为一种独特的语言领域，很难想象有这样的一种文学特征化，即它不以这样或那样的方式借用其形式特征。但是，这些形式特征到底是什么，人们就此还缺乏共识。唯一例外的是对文学的这样一种理解，它假定文学完全是由那些将其当作特殊用途（或发现其中的特别无用之处）的人们的选择来决定的，并把这种理论不无疑虑地与文学联系起来，甚至在这种假定下，由某种文化选择出的"文学"作品，很可能是通过一个凸透镜放大了其形式特征的作品，尽管它们与其他作品在本质上并无不同之处。

　　与此相似，个体文学作品的独特性问题也不可避免地与它的形式问题有关。从作者意义上而言，一部作品被完成以后，再经过不断地修改，它似乎变得"合适了"（至少在当时被认为如此）。而读者对这部作品的完整性、本真性以及独特和强烈的认同感，都源于对其语言的塑造，而不是来自作品中所编码的一系列观念或情感。（无视形式的完整性和封闭性的作品之所以有效，仅仅是因为它们阻碍了的那种期望。）当然，"形式"的观念同样经历了一个漫长而纷乱的历史，而且在21世纪初，也不可能就这种观念作出一个直截了当的回答，以解决我们在文学的独特性和文学价值方面所遇到的问题。在第八章，我试图以一种完全不同于传统的方式，来重新思考下面两个问题：（1）形式特征在文学作品体验中的作用；（2）形式与意义、语境之间的关系。

　　如果将形式问题作为一剂解药而过分强调文学的工具主义方法的话，我们发现自己不可避免地面对着一个丰富而悠久的审美传统。审美传统至少是一个速记式的概念，它往往依据一些"美的"形式——独立于实用或功利目的而存在的、纯粹或大体上由形式因素所支配的领域，指涉关于艺术作品的体验和重要性的大量不同争论。（当然，也可以从其他角度考虑审美传统，例如在"审美"这个词的早期用法中，对其意义的作用所给予的特别强调。这种强调基本上源于柏拉图，但在此我不会直接予以关注。❶）审美传统最重要的起源无疑是康德哲学（尽管在康德哲学中，其主要强调的是自然美而非艺术美），它对英语国家的文学研究最具影响的例证就是英美新批评。事实上，这一影响还持续存在，诞生于20世纪二三十年代的英美新批评，它的预设和方法仍然支配当下大量的文学教学法和批评实践，只要看看众多的"文学导论"书籍就会很快明白这一点。❷

　　工具主义方法在当下文学研究中的兴起有一个毋庸置疑的原因，那就是英美新批评和其他相类似的批评方法，对这个审美传统中产生的文学的解释力是不够的。这并不仅是因为这个传统无法为文学有益地（或全然地）介入政治领域提供任何方法；更重要的是，它经常被直接或含蓄地认为，实体艺术的普遍和永恒的品质，可以追溯到在特定历史背景下运作的意识形态利益之中。这是在审美评论中反复出现的自相矛盾现象，因为它把超验的观点置于未被确认的可能因素之上，从而加剧了这种不尽人意的自相矛盾。对艺术品的一切讨论必然缺乏完整的说明（这种说明会消解对艺术活动的界定品质，而使它难以走向机械规则）和表述，相反地，它朝向一个不可说的、不可知的和超验的原则领域进发。结果使这些原则成为一种审查机

---

　　❶　特里·伊格尔顿（Terry Eagleton）的《审美意识形态》（*Ideology of the Aesthetic*）一书，依据的就是对传统的这种理解，该书讨论了许多拥护这一传统的观念。

　　❷　"新批评"这个标签适用于大量的个体批评实践；有趣的是，它经常有一种强烈的工具性因素。这一论题经常隐藏在人文主义伦理术语中，虽然也有像理查兹（I. A. Richards）以精神为中心的形式，刘易斯（C. S. Lewis）以宗教为中心的形式，以及早期的雷蒙·威廉斯（Raymond Williams）以政治为中心的形式。

制，它们看起来更像是规限的、阶级决定论的品位标准，或者是一些反抗这种品味标准的可确认的反应。❶

因此，审美传统不知不觉地展现了对艺术作品和读者接受的强大社会决定因素，但这样说并不是认为这种坚持是无价值的（我们不可能把艺术作品简化为种种规则）。作为一种西方文化的实践与惯例特征，正是这种坚持似乎反映了对艺术独特本质的有效洞察。例如，文学惯例似乎是由它的这种能力定义的，即它能够冲破任何关于构成一部"好"的文学作品的详细规定或预设的束缚。迄今为止，如果我们能够完整地详细说明支配此种作品生产的规则，使得由计算机操控的生产线成为可能，从而自动生产出好的小说、戏剧和诗歌，但这些产品将一定很快失去那些珍视文学的读者的兴趣。这种状况要么引起违反那些规则的新作品诞生，要么引起文学像它目前的形式等方面的终结。这并不是说如此全面透彻的解释本身是不可能的（那里蕴含着对文学的一种神秘理解，但我不打算探究它），而是坚持认为那种革新和不可预见性，自古以来一直处于西方艺术实践和鉴赏的中心地位。这一事实的意义还很少得到它们应有的关注。

五、超越审美？

因此，对工具主义者在近年来的批评中所取得的成就、对

---

❶ 以这种方式做了大量祛魅审美研究的是文化分析学家皮埃尔·布迪厄（Pierre Bourdieu），请参阅他的《区分》（*Distinction*）和《艺术的法则》（*The Rules of Art*）等著作。

以审美传统持续的（即使是不完全的）洞察为基础的东西需要补充的是这样一种模式，即它关注文学写作的特异性和独特性，因为它通过形式（一个需要重新定义的术语）的展开而表明自身；它也关注到文学成就的不可预见性，这种文学成就似乎与那种形式的展开也有关联。这是一个同时完全承认所有对普遍性、自我呈现性和历史超越性的诉求，都处于一个问题化的地位的方法。我在这里必须马上补充一句，这种批评模式并不是与政治或道德问题无关（这几乎是不可能的），或者把文学描述为对这个世界没有价值或影响的东西。我不赞同我称为工具主义方法的原因在于，它根据一种预定的价值图式把文学作品放置在一种功利模式上加以考量，这种功利模式反映的是文学之外的特别兴趣。像审美传统认为的那样，如果文学不依赖什么规则而存在，则没有什么方式可以使其成为一种工具，同时也不会挑战工具性本身的基础。而且一种负责的文本工具性只能依赖于负责的阅读自身，但当前有一种极大的危险，即被挪用为理解历史或政治进步的关键点的文学作品，并没有以足够的谨慎被允许参与到完成（这也经常是复杂化了）它们被赋予的任务之中。

那么，与文学一直相伴而生的真和美又怎样呢？我并不是说文学与真理一点关系都没有，但是我对文学无限度地靠近真理的说法还是抱有一种怀疑。我对这个问题的思考无疑受到一种叫作"后审美"艺术理论的影响，这是对过去两百多年来在西方文化中日益处于支配地位的一种真理观念的反应，这种观念依赖于规范性和审美价值之外的东西，它一直处在各学科产生和取得成就过程的中心地位。❶作为一种叙述的产物，这种真理观念与阐明那些永恒的普遍法则的事实（近年来，在某些学科内部，这种"事实"的观念已开始受到人们的质疑）相一致，它产生且依赖于这样一种审美观念——（相比之下）美与真毫无关系。20世纪，包括海德格尔、阿多诺和德里达在内的一大批思想家，试图以打破审美视域和寻求真理之间联系的方式来理解艺术。这一努力的结果是文学至多也只能被看作参与了真理的讲述，而"真理"不再被视为在对科学、非审美或者反审美的优先保存中显现。

美的体验对于审美传统来说是如此重要，并且如此清晰地作为我们对大量艺术作品反应的一个重要方面，它不能被看作一种具有限定性品质的东西，既因为它对所有艺术的审美外延都是问题化的，也因为它是我们面对许多自然物体所产生的一种普遍反应。事实上，如果我们能够界定文学甚至艺术到底有何独特性的话，那必定就会纠正这样一种倾向，即由于强调美而使得人工之物与自然之物之间的疆界变得模糊了。文学作品带给我们的乐趣有很多，美的享受无疑是其中之一，但请允许我再次强调一下，我写此书的目的不是提供一种文学领域内所有事情的描述，而是想从根本上弄清楚在我们对语言的所有体验中，究竟是什么才使文学成为一种独特的现象。

毫无疑问，当作者共享一种文化评价时，在他有价值的文

❶　参阅杰伊·伯恩斯坦（Jay Bernstein）的《艺术的命运》（The Fate of Art, pp. 3-4）一书。伯恩斯坦把"康德第三批判"（Kant's Third Critique）看作审美和真理的现代分野的根源，而康德自己的目的是架起这两个领域之间的桥梁。我可以补充说伯恩斯坦在这种讨论中，把"美德"与"真理"结合起来，虽然我不是很清楚现代的审美自治观念是否已把所有的伦理诉求搁置一旁。

化生产实践中，总会有某种程度的特殊诉求。这大体上与我在写作时的情况是一样的，我受到了下列欲望的激发（也许还不只是这些）：想证明我在文学上花费的大量时间和精力是值得的，想说明我的这些研究在别人看来是有价值的，也想表明文学给予我的愉悦比其他任何我所体验或所能想象的情感更加牢固。同样地，比起反对那种文化评价的人来说，赞成它的人会更加热情地接受这种观点。然而，建构一种观点比否定一种观点更需要谨慎小心。本书中关于创造性的讨论与此有直接关系，一个仅仅通过公认的论点为既有的偏好提供说明的、散乱无章的文本，也许能够赢得广泛的认同，但这个文本更可能是服从于特殊诉求的变体。或者从精神分析学意义说，它更服从于合理化这个变体，而不是服从于一次打破原有思维习惯的冒险尝试，并将这种尝试向革新的所有可能性开放。当然，读者可以看到本书是否是这样论述的。

在面对文学的独特性这一问题时，我间接地以我们这个时代中最突出、最恼人的问题之一开始——对他性的反应到底是怎样的。换句话说，我此时此刻写下的这些文字，正在试图公正地面对我还未能确切阐述的思想。

第二章

创造与他者

一、创造

坐在电脑前，当手指敲击着键盘、眼睛注视着显示器进行写作的时候，我究竟在做什么呢？一种回答可能是我正在试图用文字来表达我的思想。如果是这样，那我肯定事先已经部分知道了那些思想是什么，而我所从事的活动只是某种形式的翻译，我是在不同的文字中挑选出正好能够表达我的思想的那些文字。暂且不论这种前语言（pre-verbal）的思想观念所引发的问题，在很长时间里，我所从事的写作几乎就是这种形式的翻译。在这种情况下，当我写出一个令我满意的句子时，我的感觉是它可以清晰地阐明我想要表达的东西，尽管起初我觉得并没有适当的词语，或者更确切地说，我拥有的文字难以满足线性的、有组织的序列的需要。

然而，当我没有把文字组成一个我已计划好的概念性结构时，当我没有胡乱地修改一个既有文本使之更加准确地表达我的思想时，当我无法根据既有的一系列规则来解决某个问题时，上面的描述就不会总是有效。此时我所从事的活动，我们或许给它起名为"创造"（creation）。❶与许多其他领域相似，这是一种极为普通的活动，但或许是人们太熟悉了，因此它成了一项抵制精确术语的产生而很少被人们全面审视的活动。我似乎能从一片空白中、极不完整的半成形的思想漩涡中或是在细微的暗示下写出新句子，这种模糊的梗概不时地以词语或论点的链接来成形，但是我不断地丢失这条线索，不断地删除，又不断地回顾已键入的文字，多次尝试去表达必须要说出的东西，有时甚至觉得那些东西需要我把它说出来。我必须抵制的是我思想中不断重复的倾向，这种倾向会以熟悉的方式来处理将要遇到的新奇。受到这些模糊力量的驱使，我觉得我正在把迄今所能思考的东西推向极限。❷

讨论语言（或其他任何）的创造活动是非常困难的。对于创造者来说，这一创造活动也经常是神秘的。的确，与那些根据原有模式和规则来生产的简单活动相比，在创造性活动中，某种程度上的不可解释性通常被认为是限定性的。尽管我在前面作了一些追问，但并不是想寻求对创造过程的心理学描述或

---

❶ 创造的观念特别是它的理论渊源有时被审美理论家们回避了，它是马克思主义理论家们长期质疑的对象，尽管有些理论家依据生产理论而愿意对艺术作出纯粹的理解。[一个简明的例子是皮埃尔·马舍雷（Pierre Macherey）的《文学生产理论》（*Theory of Literary Production*，皮埃尔·马舍雷. 文学生产理论 [M]. 杰弗里·沃尔，译. 伦敦：劳特里奇和基根·保罗出版社，1978：66-68）一书，其中有《创造与生产》一章。]但是人们普遍认为，生产的条件无论多么重要，它都不能完全解释没有先例的东西何以出现。这一点可参阅雷蒙·威廉斯（Raymond Williams）《马克思主义与文学》（*Marxism and Literature*，雷蒙德·威廉斯. 马克思主义与文学 [M]. 牛津：牛津大学出版社，1977：206-212）一书的《创新性实践》一章。

❷ 当然，所有的创造活动（包括我在这里所论述的）都受制于它们的历史情境。在这里我明显具有笛卡尔哲学方法的论述，不应被看作暗含着一种可能超历史和超文化体验的诉求。

解释（这可能也是一种答案，但不是我的问题的答案），而是想弄明白在这种心理机制的引导下，创造的过程究竟发生了什么（这对不同的人和不同的情境来说可能大不相同）。正如我在本书中多处重审的那样，我试图解释的不是心理的、意识的或者主观经验本身的问题，而是各种结构关系，或者更准确地说，是不同结构关系以及它们所形成的可能性与局限性之间的结构转换。这可能会涉及对如"心理""意识"或"经验"等概念的重新评价。❶

　　当然在大多数时候，创造性活动还有一个直接的心理关联。这种心理关联为观察创造性过程提供了大量证据，但这不是我关注的重点。事实上，我们可用的大多数词汇都是有其心理含义的，这一事实表明我的关注点集中在写作与阅读中的心理和情感的事件之上。注意到下列问题同样是重要的，即我的问题不是"在创造性的写作或阅读行动中涉及哪些心理过程"，而是"认为某个特定的写作或阅读行动是创造性的，那它到底意味着什么呢"。我感兴趣的是在特定实体的文化中，"不存在"和"存在"两种状态之间的一种结构性和连续性的关系。（库切的作品中的一个人物，带着惊异的神情对莎士比亚的创造性如此赞叹："从黑暗中浮现，不知从哪儿来，起初不在那儿，后来又出现了，像一个新生的婴儿，心脏开始跳动，大脑开始活动，

---

　　❶　人们经常在语言学方法论、语言学目标（语言的语法体系研究，比如对所有语法体系中共有特征的研究）和语言心理学方法论、语言心理学目标（人们对在说出一个句子时大脑中发生的事件的研究，比如对人记忆词义能力的研究）之间作出一个平行区分。

复杂精细地犹如电化迷宫的工作过程。这是一个奇迹。"❶）从
"不存在"到"存在"的转化过程中涉及的心理活动问题，尽
管是令人向往的，而且经常是接近于我们正在探寻的问题，但
它依赖于不同种类的证据，也在寻求不同种类的答案。自康德
和谢林（在英国有布莱克和柯勒律治）以来，在艺术领域（有
时也在其他领域）对"创造"的种种解释中，"想象力"一词
一直是一个中心术语。这个术语是一个将个体的心理活动放置
在创造性过程核心地位的例子，因此它仅限于在当下的讨论中
使用。我们的问题是：经由个体或群体的作品，看看他性是怎
样进入并改变一个文化圈的？因此，这不是一个仅依靠心理活
动的解释就能够回答的问题。

尽管我一直而且要多次使用"体验"一词，但这不应该被
理解为是不可避免地暗示了意识体验的东西。在随后的讨论中，
体验某事就是遭遇或承受某事，被暴露出来并被改变，但这不
一定是作为一个情感的、身体的或智力的事件而部分或全部固
定下来（在这里，能够很清楚地看到我所阐述的东西与传统的
"审美体验"这个概念有很大不同）。正如我已说过的那样，对
他性的"体验"可能挑战和重塑体验本身这个概念。

那么，我们怎样才能描述语言的创造呢？（之所以问这个问
题，并不仅仅基于对它的固有兴趣。在适当的时候，对"创造
意味着什么"的理解有助于阐明人们对文学作品的阅读和反应
的过程。）一个允许我们拓展出更全面的说明方法，就是一种对
语言的处理，据此我们可以把它称为"他性"（otherness）、"他

---

❶　J. M. 库切. 伊丽莎白·科斯特洛：八堂课［M］. 伦敦：塞克和沃伯格出版
社，2003：27.

异性"（alterity）或"他者"（the other），它被用来或允许对个体心理世界的原有框架产生一定的影响。也就是说，它会影响处于一个特定文化领域的个体的主体性。[1] 在特定时刻，他性是处在特定文化范围"之外"的思考、理解、想象、感觉和感知。[2]（我们必须将"之外"这个概念解释一下，在某些时候，"之外"的反义词是"之内"；而在这里，"他性"有一个很重要的意义，即它不仅是"不在这里"的含义，还是在构成熟悉的东西的同一过程中产生的。）他性可以用另一个术语"新奇"（newness）来替换，但这个术语有一个缺陷（尽管我还会不时地用到它），即它暗示了一个历史性的叙事，由此经常用"新的"来代替"旧的"。事实上，只有通过"旧的"，他性才能被人们感觉出来。

他性不是任何可能的创造者轻易就能把握的东西；例如，一种观念、一种形式和一个数学公式，都可能存在于熟悉的框架之外。创造性思维只对它接近的素材发生作用，它无法了解某种素材之外的东西。因此，它只能在没有指定方向的前提下

---

❶ "文化领域"的观念有点太简单了，我会在下一节继续讨论这一点，也会论及个体与其栖居的文化语境之间的关系。

❷ 我在这里用有点印象式的方法描述的过程，已在研究人的知识的"图式理论"中得到了更系统（或许更简单）的论述。这种研究方法主要来源于康德，但在认知心理学和人工智能研究中获得了很大发展，后来被应用于文学的话语分析和话语描述。特别参阅盖伊·库克在《话语与文学》（Discourse and Literature）一书中的论述，他认为文学的特色就是扰乱读者的认知图式，从而在一至三个层面——内容、文学结构、语言——上产生他所说的"图式更新"（或"认知改变"）。与仅强调认知维度的其他图式理论相比，库克的观点在讨论艺术时更有价值，因为他认为正是通过一至三个层面上的背离，那种扰乱才有可能发生。因此，在他的分析中包含文学作品的形式特性。但必须指出的是，扰乱和层次之间联系的观念，在他的论述中还存在许多问题。

探索既定文化的边缘，利用它们之间的矛盾和张力，寻求它们赖以存在的外部线索，探索与其他文化产品和文化实践相遇时对其产生的影响。在众多领域，对创造性活动的解释经常使用"反复试验""预感""猜测"和"机遇"等术语。正是"体验"这个术语，将一种可控制的、可重复的物理过程的观念与不可预测的、试用性的新程序自相矛盾地结合了起来。

试举一例加以说明。一方面，简·奥斯汀为了创作《傲慢与偏见》，她一定对那时期英语语言、小说惯例、幽默作品的风格色调，以及个人道德与社会交往的行为规范有着深刻的洞察，因为这些资源都存在于 18 世纪后期英国大都市文化之中，并且她有能力利用它们来创作出异常丰富和精巧的小说。另一方面，解释这部小说向新领域飞跃的唯一方式，就是认为简·奥斯汀在组织这些熟悉素材（在她的头脑和书本中）的过程中，她一定开始展现——或许她没有意识到正发生的事——它们的不连贯之处，推进它们到一个极限之地并且拓展它们的涵盖范围。于是，她发现一部极富新意的作品出现了。以上两方面的描述都肯定是正确的，但这不是作为在心理学或传记式的准确意义上而言，而是作为对《傲慢与偏见》从无到有的诞生过程的描述而言。（事实上，在 1796~1797 年此小说创作完成时，简·奥斯汀就把它命名为"初次印象"，这是此小说新奇性的一个指示，但后来遭到了出版商的拒绝，简·奥斯汀于是就把它更名为《傲慢与偏见》。）有创造性的作家既会记录（不管是有意地还是无意地）一个时代中被广泛接受的形式和素材所能提供的任何可能性，也会记录那些形式和素材所排斥与禁止的任何不可能性（那些不可能性也一直在维持并限制着那些形式和素材）。从前者中产生了原有模式的重写，从后者中诞生了使这些重写成为文学新作品的他性。

二、文化与个体文化

前面关于"创造"一词的解释和本书的大部分地方，我随意使用了"文化"这一术语，但这并不意味着我相信它是毋庸置疑的。事实上，它正是一个需要认真考察的术语。"文化"一词具有多方面的含义，它能够造成不精确和不一致的多样性。但在本书的讨论中，其广阔的涵盖范围也有一些好处，因为我需要这样一个术语；在特定的时空，它还表征着艺术的、科学的、道德的、宗教的、经济的、政治的实践、惯例、准则和信仰等（这个特定的时空依赖于讨论"文化"的具体语境，它无论是指我们过于笼统地称为的"西方"、一个自我界定的"民族"、一个国家或一座城市，还是指一个世纪或一个十年。其他如性别和阶级的确定因素也必然包括在内）。我并非用此术语在"文化的"因素和"自然的"因素之间划出一条清晰的界限。与此相反，我把人类的和非人类的各个形式创造都看作我称为"文化"的非常重要的一部分。

我特别感兴趣的一点是，一个个体理解世界的方式，总会受到一系列连锁控制的、相互重叠的且经常充满矛盾的、变动不居的文化体系的调解，这一文化体系浸淫着他先前的经验，以及复杂的习惯矩阵、认知模式、表述、信仰、期望、偏见和喜好，而这些因素从人之生存的多样事件中，在智力、情感和生理上产生了一种至少是相对连续的、一贯的和重要的感觉。我用"个体文化"（idioculture）这个术语来指代这种状况，它体现在普遍的文化规范和行为模式制约下的个体中。尽管大部分个人的个体文化在一段时间内会保持稳定，但总体而言，这个集合体肯定是不稳定的，因而经常处于变动之中。尽管人们有可能与其他群体（邻居、家人、同龄人以及同一性别、种族、阶级的人等）分享他的大部分个体文化，但它始终是一个唯一的构型。关于个体文化最充分的语言表现可见于小说作品中，如乔伊斯的《尤利西斯》，它是对两个都柏林男人（以及占据了很大篇幅的一个都柏林妇女）在1904年特定的一天中的个体文化的探索，那种极为详尽的回忆、习性、联想、爱好、恐惧、怀疑、希望和欲望的堆积，在不长的时间里清晰地表明了他们自身，但那只不过是构成个人的个体文化的极小部分。

我们很难弄清楚某种文化领域或个体文化的复杂性，因此它肯定不是我们能够直接获取的东西。尽管我们会谈及由文化规约的群体与他性的相遇，而实际的相遇当然经常是在该群体内的个体所经历的，因此它总是因人因地而不同。然而，我们不应该主要依靠心理学术语来思考个体文化，尽管它有心理学意义上的表现。引入个体文化这个术语的目的，在于当我们谈论一个问题时，能够把它作为一系列非连续性、异质性的网络节点来看待。个体文化是为建构一个主体的文化符码的总体性而起的名字，在特定时间，它是一个由多种因素决定的自相矛盾的体系，而这个体系以多种方式显著地表明自身。同时，注意到这一点也是很重要的，即个体文化不会将个体性消耗殆尽。也就是说，我总是超越我所吸收的文化体系的各部分之和。没有两个人是由完全相同的个体文化所建构，从这个意义上讲，

我不仅是"唯一的"，也是"独特的"（我会在后几章中更加明确地论述"唯一的"和"独特的"两者之间的差异）。❶

三、他者的创造

我在本节使用的标题"他者的创造"，可以用两种方式来理解。❷第一种方式是，如果它被认为是从"创造他者"中衍生出来的，则强调代理作用和活动价值。具有真正的创造性意味着从熟悉的领域中捕捉到迄今未曾想到的东西，也意味着通过熟稔的、富有想象力的智力劳动生产出完全不同于既存之物的实体。然而，这样的解释似乎并不完全符合我正试图描述的过程。第二种令人好奇的方式是，我还未能成形的观念似乎只是"不在那儿"，并不是简单的"不存在"，我知道这两者并非只是文字上的不同而已。我的体验有一种被动性的因素包含其内，即试图强调对各种关系的暗含之意、最初的讨论、游离在意识边缘的意象的反应，这是一种类似于找出它们"使其显现"的

---

❶　创造与创造者之间的语境联系，有时以源于后期维特根斯坦的非常特别的术语来描述。用"生活形式"（forms of life）代替"文化"，用"语言游戏"指多种多样但经常充满矛盾的开放的语言体系，它塑造了我们的存在。可参阅莫里斯·威茨（Morris Weitz）的《理论在美学中的作用》和马修·兰普利（Matthew Rampley）的《创造性》等文章。虽然这些论述中强调的开放性和不可通约性很有价值，后期维特根斯坦对"家族相似性"和"遵循规则"的论述比许多其他哲学体系也更少要求规定性的艺术描述，但它们没有论述我在这里最感兴趣的问题。

❷　我是对雅克·德里达的《心灵：他者的创新》（"Psyche：Invention of the Other"）一文的呼应，这篇文章有一个诉求性和启发性的标题。

因素。

当我写出一个似乎"正合我意"的句子时（虽然我事先未曾预料到，但这个句子令我满意地概括了一个我还不知道我要这样表述的观点），我无法说清楚它是怎样产生的，但我能够说明这并不是仅仅依靠对存在、意识和精神素材的积极塑形而创造了它。❶ 尽管我们需要谨慎地从心理体验的层面来推导出一些结构性的进程，但这种被动性似乎很可能是新事物得以产生的一个重要方面。对于创造性节点的次要成就而言，如果这种描述像我对文学的描述那样是正确的，那么创造性的主要功绩似乎更多地来源于出色的解放思想，而不是对未知事物的更多掌握。

因此，就我的文本或我自身的某些东西而言，在"他者的创造"中，这个所属结构交互阅读的适当性是由他者创造的。无数的作家已证实了这种体验，下面是库切对此极富特征性的清晰描述：

> 当你写作时（我是指各种体裁的写作），你有一种是否更靠近了"它"的感觉。……认为写作只是一个分两个阶段的过程的想法是很天真的，即先决定想说什么，然后把它说出来。恰恰相反，大家都明白正是因为写作者不知想说什么才去写作。写作起初展示写作者想要说的东西，而实际上，写作有时会建构写作者现在想说或曾经想说的东

---

❶ 康德在讨论天才问题时清晰地阐述了这一点："如果作者依靠他的天才能够创造出作品，那么他本人也不会知道创造作品的观念是怎么产生的；这既不是依赖兴趣也不是遵循计划使他能够想出作品的"。[《判断力批判》，175（Ak. 308）]

西，它展示或宣称的东西也许和写作者起初认为（或似乎认为）想要说出的东西非常不同，这就是有人说的"写作支配作者"的含义。写作显示或创造（我们经常无法肯定地区分二者的差别）人们刚刚逝去的那一刻转瞬即逝的欲望。❶

哲学家经常就自己的突破点发表与此相类似的言论。德里达说："我的脑海中一直萦绕着一种假设、逻辑分析，突然之间一个词出现了，由于其格式化的简约，正是我努力寻找的那个词。……我的感觉是并非我创造了它或我是那个东西的一个积极的创造者，而是我幸运地接收到了它。"❷ 对于此种体验，甚至还有一些喜剧式的描述。例如，迈克·尼科尔斯（Mike Nichols）在接受采访时说："当你有了一个笑话，感觉就像是上帝送来的。"❸

关于"他者的创造"的第二个含义，不应该用来暗示一种源于外部动因的神秘信仰；相反，它揭示了已创造出的作品与有意识的创造行动之间，并非完全是一种因果关系。一种全新事物的形成，需要对人的智能控制作出一些让步，"他者"也是为让步于那种控制而起的一个可能的名字，不管构想出的那种控制是基于主体"之外"还是"之内"。（事实上，"之内"和

---

❶　J. M. 库切，大卫·阿特威尔. 双重视点：论文及访谈 [M]. 剑桥：哈佛大学出版社，1992：18.

❷　雅克·德里达. 作家的身体之间（与丹尼尔·费勒访谈）[J]. 创世纪，2001（17）：70.

❸　约翰·拉尔. 成为现实：迈克·尼科尔斯如何重制喜剧和他自己 [N]. 纽约客，2000-02-28（207）.

"之外"的简单对立被解除以后所发生的事，就像是获得了一种完整的、积极的主体性一样。）不仅如此，如果我的精神世界的固定模式和我的个体文化的规范，能够释放出足够的空间从而欢迎真正的他者进入，那么我的主体性在某种程度上就会被改变。因此，（特别是考虑到此种事件的累积性效果）这样的自我也能够被说成是一种"他者的创造"。事实上，正像我将要在下面更全面地讨论的一样，当我遇到他性的时候，我遇到的不是他者本身（我怎么能够遇到呢?），而是使他者得以形成的自我重塑，这必然就不再是完全的他者。

"他者的创造"（包含以上两种视域，并引发新事物的产生）的价值在于，这个词语似乎融合了具有不同过程或相反描述的东西。❶它因此取得了用一种逻辑或推论的描述而无法获得的东西。这个词语就是它本身。换言之，它是语言创造性应用的一个例证，它也是我们的主体对讨论模式提出要求的一个例证。在试图详细说明究竟是什么构成了文学的独特性时，我们不能完全根据逻辑推理或哲学讨论的规范来处理。这个词语强调的是，新奇性既是通过对旧事物重塑的方式获得，也是通过对新事物未曾预期的出现方式而获得。更准确或许更矛盾地说，新事物的出现确实是旧事物重塑的一种特定方式。我们可以说他者的来临动摇了同一的领域；或者说，同一的领域的动摇引

---

❶ 早在荷马史诗中就已承认创造性作品的"双重限定"（double determination）。比如，以有意的悖论对歌手德摩多克斯（Demodocus）的描述："上帝赠予他出众的歌唱才能/他的心无论让他唱什么，都会让我们感到快乐"（《奥德赛》，8. 44-45）。20世纪，阿多诺以一种典型的格言形式概括了这种悖论："情急之下新事物一定是意志的产物，而作为他者的事物不可能是意志的产物"（西奥多·阿多诺. 美学理论［M］. 格雷特尔·阿多诺，罗尔夫·蒂德曼，编. 罗伯特·霍勒-肯特，译. 明尼阿波利斯：明尼苏达大学出版社，1997：22）。

起了他者的来临。前两种说法都是正确的，尽管每一种说法在缺少对方时都是不完整的。大多数时候，我们对于这个过程的描述必须在这两种叙述之间转换。为了创造新东西，第一种叙述暗示了对原有格局的积极重塑，比如锻造人的灵魂；第二种叙述则暗示了他者闯入确定秩序的被动体验，最常见的这种体验叫作灵感，它是由缪斯或者一些其他外部的、不可预测的力量所启发。❶ 对创造的创造性思考意味着要考虑到这两种叙述，它就像一枚硬币的两面。

　　为了做到这一点，我们需要回到文化的丰富性和个体文化的复杂性问题上，以及个体以怎样的个体文化参与到它的文化语境之中。在特定时刻，个体文化的复杂性是一个可分的、矛盾的概念，它外表的连贯性是通过一些相关因素和可能性的抑制或排斥来维持的，它服从于来自外部的不断挑战，也服从于内部持续不断的张力的影响。（如果我们历时性地看待这一点，我们就会发现这种不稳定的复杂性是一种历史的产物，这种历史不断受到他性的闯入，从而使他性部分被同化、部分受到抵制。）从某种程度上说，我经常是自己的他者。正是这种不稳定性和不连贯性、内部和外部的压力与盲点以及自我的可分性，为他者的出现创造了条件（迄今为止，它是一种未被认识到的

------

　　❶　彼得・基维（Peter Kivy）在《所有者与占有者》一书中，考察了创造的这两种模式，并从中引申出他所说的柏拉图式（从《伊翁》中体现出来的理论）和朗吉尼式（Longinian）的两种相对的天才观念。然而，基维并没有看到它们一定是相互牵连的。

关系、一种处理素材的新方式、一种新的生产方法，等等）。❶
因此，在一个创造性事件中，被引入的他者在文化领域中起初
是不明显的，并且无法从中预测。

这就是创造对于一些启发性意义的警觉，就像对尚未挖掘
出的可能性一样敏感的原因，这似乎是它在娴熟地处理已知的
素材。与创造相比，简单的"生产"（经常被人们称为"制
作"）一词不会带来他性，也不会引发文化领域内的改变。"制
作"是根据已被接受的规范来重新调配原有的素材。但是，这
种对比的存在不应该被看作我们有两种迥异的处理文化素材的
方式，在使制作转变为创造或者使创造返回到制作的这一点上，
我们无法预测，只能在这一事实出现以后界定。

但创造也未必是戏剧性地突然发生的。它经常是一个渐变
的过程，这个过程起初充满了错误、徒劳、增删和修订，然后
才一点点接近人们能够得到的或预期的结果，而这一结果或许
也时断时续地发生。我们再次从库切的《耻》中引用一段话来
说明，尽管戴维·卢里对这部室内歌剧的描述，是众多领域成
千上万种相似描述的一种重复：

> 令他大为惊讶的是，音乐一个音符一个音节地出现在
> 他脑海里。有时候，还没等他想好乐句的歌词内容，乐句
> 音乐的轮廓就先出现了；有时候，是歌词把终止式带了出

---

❶ 阿兰·巴迪欧（Alain Badiou）谈到了创造性事件所命名的"空集"（void）
和"目前未知"（not-known）的状况（阿兰·巴迪欧. 伦理：一篇理解邪恶的文章
[M]. 彼得·霍尔沃德，译. 伦敦：韦尔索出版社，2001：68-69），这是对创造性
诉求的一种更僵硬的理解（空集被说成是处于"每种状况的中心地位，是创造性存
在的基础"），但这与我的论述还是有一些相似性。

来；还有的时候，一连好几天都萦绕在耳际的旋律，突然展现在他脑海里，使他欣喜过望。随着戏剧动作的逐步展开，对剧情单元和过渡场景的想法也随之出现，而此前，他还不知道该用什么样的音乐手法来表现的时候它们就已经在他血液中流动了。❶

在创造过程中，总有冒险因素存在其中，那是对未来的信任，那是在面对将要到来的东西时的一种无助感。当似乎已在眼前的他性转换成同一事物的另一版本时，失败总是经常发生；而成功在初看时可能都像失败。创造也绝不是选择一个问题去解决或选择一个目标去实现，然后把它付诸实践。尽管这也许是创造过程开始时的方式，但最初的问题或目标在一个完全不可预测结果的过程中经常被置换。❷

因此，创造既是一次行动（act）也是一个事件（event），既是由意志力的努力有意促成的，也是在没有前兆的情况下通过警觉和意识被动完成的。既然创造是没有秘诀也没有程序的，它就不可能纯粹是一种意志力的行动。（这不是在讨论这样一种可能性，即至少在某种程度上，创造也是一次无意识的"行动"。但确定的是，我的讨论能够在精神分析的视角下重组，尽管这会引发许多其他不同的问题。）然而，既然创造需要准备和

---

❶　J.M. 库切. 耻 [M]. 伦敦：塞克和沃伯格出版社，1999：183-184.
❷　"每一位科学家一定偶尔回头，其不仅问过'我怎样才能解决这个问题'，而且问过'既然我已经知道结果，那我解决了什么问题呢'。"（诺伯特·维纳. 创新：观念的照料和供给 [M]. 剑桥：麻省理工学院出版社，1993：22《创造》）

付出，那它又不可能单纯是一个事件。❶不仅如此，创造的每一个方面都可用两种方式来描述：第一，"打破"熟悉的行动也就是欢迎他者进入的行动；第二，"打破"熟悉的事件也就是他者进入的事件。（我用动词"打破"，是因为它既能指一次行动也能指一个事件，这个词语体现出我们语言中的另一种创造可能性。❷）如果人们能够以一种创造性而非否定性的方式（有时却不可能断定到底是哪种方式在起作用）打破旧事物，那么新事物就会产生；同时，旧事物的打破也是它内在矛盾的压力所促发的。既然这种矛盾起到一种排斥功能，那么我们也可以说，正是在他者的压力下旧事物才被打破。

既然他者只在一个动态化的过程中显现，那么放弃它的名词用法而选用其动词用法就是合理的；甚至"事件"和"事件性"这些术语也可能被误解为是名词性的，从而剥离了它们动作的含义。他性仅存在于抵制我的惯常理解模式的定式中，正是在记录他性的那个时刻，我一边承认我理解上的失败，一边也发现我的理解过程开始发生变化。

----

❶ 我有时用"行动—事件"这个术语来指各种形式的创造性过程，但当我单独使用"事件"或"行动"时，可看作既包括事件也包括行动。因此，在通常意义上，并没有独立的事件或行动。哲学上对事件的许多不同观念（"事件"在海德格尔、德里达、利奥塔、德勒兹、巴迪欧等学者的思考中都占有重要地位），使得用起它来充满了问题。在某些方面，"正发生"（happening）这个术语可能更合适一些，因为它不带有同样的哲学精神包袱，并强调了冒险中某物的语言特性。然而，这也是一个使人感到麻烦的替换，因为它暗示着与我已提及的那些哲学话语完全无关，这将同样是误导性的。

❷ "难题"（aporia）是一个更具有哲学谱系的相关术语，可参阅德里达的《难题》（*Aporias*）、理查德·比兹沃斯（Richard Beardsworth）的《德里达与政治》。福柯的"问题化"是另一个相似的术语（虽然福柯可能会质疑与德里达的这种联系），参阅他的《辩论、政治与问题化》一文。

四、容纳他者

试想一下这种情况，有一位哲学家在很长的时间里，一直受到某一个问题的困扰，然后又体验到一种思想上的突破，让她解决了那个曾经令她费解的难题。从那之后，她很可能就能够比较顺利地讨论一些问题。这就是他者正在被完全容纳的情况，正是这种思想结构的变化使其成为可能，它也已变成一种永久模式。● 举另外一个例子来说明，一位发明家试图发明一种更好用的捕鼠器，苦苦地琢磨了好几个月，最后终于成功了。这要归功于某一天他突如其来的灵感，从此他发现自己再也没有受到那些问题的困扰（他为此发明还可能成为百万富翁）。这一过程中，对问题的理解和感知的范式转换使得这种确认成为可能，同时使他者在创造性事件中得以显现，这会带来个体文化的持续变化。人们能够认为他者可以转化为同一，但这个"同一"（same）和遇到他者之前的那个同一是不一样的。

另外，如果我写下了几段在形象和表达上让我感到惊讶、满意和感动的文字，那么它们的他性会在将来的许多场合不断地挑战我惯常的思考与感知的过程。尽管我能感觉到我已获得东西的正当性，但我并不完全理解它包含什么，它是如何产生

● 我用"容纳"（accommodate）一词来指这个过程，因为它暗示了他者不仅通过本身被改变，而且通过改变接受它的文化从而转换为同一。一个可替换的词是"同化"（它与"同一"有相同的印欧词根），但它在一种不变的文化中暗示他者的改变时有不足之处。

其显著效果的。每一次去阅读自己写下的东西，我都会经历（尽管每次以不同方式）一种与他者相遇的感受，这就表明已成形的思考、感知模式在不断地转换和开放。在这种情况下，使创造性事件成为可能的个体文化的置换，并不会引起永远的转化。当旧的习惯模式占据了优势的时候，他者变为同一时显现出的可能性就会再次消退，只有在重读时它会再次隐约地显现出来。因此，我所呈现给世界的是一种可能性，而不是一种新的知识结构，它只是一个智力和情感重组的强大的、可重复的事件。从我的作品（或以此为基础的其他作品）中无论推导（由他人或由自己）出什么样的模式框架，都不会穷尽或完全解释清楚我已经实现的东西。也就是说，我创造的是一件艺术品，或者更准确地说，我创造的是一件潜在的艺术品。（我将在后面的章节中讨论艺术品的接受问题。）

创造一件艺术品就是生产一种文化素材的形态，至少是在特定群体的特定时间内，这种形态呈现出一种不断与他性相遇的可能性。在大多数类型的创造中，一旦它引起一个个体或一种文化的变化，它的任务就完成了。这种影响将持续地出现在后来的应用、再现和再造中。艺术性的创造与此却大不相同，虽然它也会引起不同类型的重复和发展，但只要它拥有基于反应性的读者或观众，也就是说，只要它并未被完全、永远地容纳，那它还会依然保持着其创造性。

我在这里就容纳和非容纳之间所认定的差异，不应该被看作一件绝对的事情。首先，对容纳的抵制仅仅发生在容纳过程的语境中，所以也只能在那一过程中被体会为一种着色或迟滞。其次，个体文化规范的不稳定性和易变性，既意味着不能永远保证那种容纳，也意味着一个迄今不被容纳的他者，经常使自身完全不受拘束。而且，我们在观察一件创造性作品大量引发了更多创造性事件的过程时，需要进一步思考去描述这个复杂的问题。

五、"他者"的版本

必须承认的是，"他者"在当下的学术话语中有被滥用的嫌疑，而且对于我在这里的论述目的来说，它似乎太不明晰或太不严密。但它也有一定的优点，其中之一就是它暗示了我们每次与他者的相遇都是独特的，那是一种与独特性的相遇，尽管我谈论的这种相遇不断发生在每个人身上。"他性"或者"他异性"这些可供替换的其他词语，由于其一般性而显得有点不太令人满意，那些词语暗示了我们正在处理的实体是能够被传播或被分离的。❶由创造性写作的行动（一个论点、一组词语的特定排列，一件作品中包含的一系列想象性事件）带来的他性，不仅是一件可以觉察到差异的事情，还暗示了一种旧的理解模式不能被解读、也无法根据旧的理解模式预测其产生的全新存在物。这个全新存在物的独特性是不可还原的，尽管它不过是

---

❶ "每一个他者都完全是他者"（Tout autre est tout autre）是德里达在《死亡的礼物》（大卫·威尔斯译．芝加哥：芝加哥大学出版社，1995：69）和《各处》中创造的一个意味深长的格言。

产生于对熟悉的、一般的事物的重组。❶"新事物"作为一个术语虽然有它的一些优点，但缺乏（即使在一篇特定文章中）这种独特性的含义。

"他者"（在它与"新事物"共享的意义上）一词的另一个优点是，它以一种关系为前提。成为"他者"就一定是"不同于"或者"相异于"什么，而许多运用此词的人都没能指出它的关系性含义，于是这种错误成为引发许多问题的根源。❷对于我或我的文化来说是"同一"的东西，而对于他人或他人的文化来说就是他者了，反之亦然。而且，他者只有在一系列的情景内部才能发生那种特定的相遇。没有一种"绝对的他者"或"大写的他者"，即他者被看作一种完全超验的、无关于任何经验的特殊性存在；而如果有这样的他者，也仅仅是为宗教信仰而存在。❸很显然，这种讨论将我刚才对独特性的描述复杂化了。

---

❶ 巴迪欧谈及的"成为还未形成的东西"（伦理：一篇理解邪恶的文章［J］.彼得·霍尔沃德译.伦敦：韦尔索出版社，2001：27）的事件与事件的"不可计算的新奇性"（32），表明事件"对被制定的知识状况是异质的"，而他拉开了自己与所有"他者"话语的距离（18-29），这也许部分地掩饰了他对部分他者的亲密性。

❷ 德里达在《暴力与形而上学》（暴力与形而上学：一篇伊曼纽尔·列维纳斯思想的论文［M］//写作与差异.艾伦·巴斯，译.芝加哥：芝加哥大学出版社，1978：79-153）一文中，质疑列维纳斯的"无限他者"（infinitely other）的观念，而坚持他者的观念中固有的关系性，他设想巴门尼德（Parmenides）会说："无限他者只有在它是他者——也就是说，不同他者——的情况下才成为可能。不同他者一定是不同于我自己的他者。自此以后，它不再与一个自我脱离关系。因此，它不再是无限的和绝对的他者。"德里达认同这种想象性的论述，坚称"他者在成为他者时不可能绝对地外在于同一"（126）。

❸ 在我思考他者问题时，虽然借鉴了许多列维纳斯的思想，但在这里我与他显著不同。对列维纳斯来说，最终的他者是上帝，这是一个绝对的、无条件的、完全超验的和大写的他者。然而，列维纳斯对他者伦理丰富而翔实的论述，令他人（最显著的例子是德里达）拓展他者的意义成为可能，但他不一定会接受他者的神学维度。

如果他者总是并仅是我（也指包含我的个体文化的文化）的他者，那么我早就处于某种与他者的关系中了，而两个实体要存在于彼此的一种关系之中，就需要分享某种普遍的框架，无论这个框架多么小。（我自己的独特性也因此不是一成不变的唯一性。）也就是说，他性是在一种积极的或似事件（event-like）的关系中产生，我们更愿意把这种关系称为一种关联，作为"相异于"的他者总是组成性地处在一个从未知到已知、从他者到同一的转变过程之中。与个体的新创造同样重要的是智力和情感的转变，正是这种转变才使得创造有可能发生（作为转变成一般的独特）。一个没有这种关系的实体是根本不会影响我的。就我而言，它也是不存在的。

我所描述的从"独特的"到"一般的"的转变，不能被视为与"再现的暴力"或"他者的驯化"等词相同。那种模式预设了这样一种叙事：他者从一开始就完全是与众不同的，后来又失去了他性，以至于他者能够被整合或被操纵。而在我的描述中，他者起初并不是那种完全的不可接近，后来也不是一个完全可接近的实体。只有在与我的关联中，他者才是他者，他性也只能在我必须作出的调整中才能被确认，为了获得这种他性，这种调整可能不会完全成为我的第二天性。

因此，他者不是一个我碰巧没有看到的事先独立的存在。它（可能应该加上引号，表明这种代词的用法是不恰当的，但也不得已而为之）并非来自外层空间，而是来自文化中固有的可能性和不可能性，这种文化被包含在一个主体或一群主体之中。（我们知道，这些可能性和不可能性产生于这样一个事实：文化像内涵于其中的任何个体文化一样，它不是完整的、稳定的或同质的，而是依赖于一定的排他性和边际化而存在。）整体而言，我们不是在讨论"不可说"或"不可言"的东西，只是讨论在特定时期的特定文化中，那些不可能被思考或被言说的东西。绝对的他性，只要保持绝对，就根本不可能被理解；实际上，也没有这样的他性。

为了维持原有文化体系的容量、框架及其重要的价值体系与谱系，在把它不得不封闭起来的条件下，我们可以更详细地讨论"同一"与"他者"之间的关系。如果那种文化体系一直不变地延续，它就不能承担这种确认。文化体系的排斥性一直处在从大规模到小范围、从道德上十分重大到无足轻重的变化之中。有一种例外的思考和感知方式，可能认为某个种族完全缺乏人类地位（这里的"种族"概念，本身就是文化所引起的那种排斥性的一种方式），或者从更大的范畴来看，那种思考和感知方式可能意味着正处于当下的某种压力之下（这种压力也包括来自那些创新艺术家的压力），这种压力把非人类的动物从许多道德和政治的考虑中排除。当种族的他者作为一种文化转变的结果不再成为他者的时候，其带来的转型是十分广泛的（包括认知范畴、习惯模式、情感反应、伦理判断等方面的转型）。而如果类似的过程发生在动物身上，甚至会发生更大的转变。

试举一个没有直接伦理或政治含义的极端例子来说明。18世纪英国诗歌在形式上的精巧与力量，依靠的是许多可能的韵律排列所不能接受的形式。也就是说，对于那一历史时期的诗歌观念来说，那些韵律排列是不可能的。但在流行的诗歌与歌曲、一种新的自由热情、一种对经典文学的轻微反抗的态度和大量其他力量的压力下，使这些排列变得可能的时候，整个诗歌景观就发生了变化。像柯勒律治的《克里斯塔贝尔》（"Chris tabel"）这首诗，立刻暴露出早期诗人所依赖的局限（以极富有成效的方式），而且为后来的诗人开辟了新的途径。这个从艺术领域中衔取的例子不同于上文列举的那个带有种族偏见的例子，它表明我们在这里并不是论述一个从更坏到更好的必然进步过程。如果价值是由欢迎他者的程度所给予，那么它必须就改变自身的利益而言。

在讨论他者与同一之间的关系时，我们面对着另一个术语学上的窘境。尽管诸如"排他性"和"边际化"这样的词语很难避免且具有误导性，但这些词语暗含着一种超越极限的知识，也是有一种有意使它为之的决定。然而，正如我已强调的那样，只有把一个创造性的行动引入同一的领域，他者才是可知的。一个公然的种族排外或压迫政策不会引发他性的相关问题，但在讨论根深蒂固的种族主义意识形态（这种意识形态使众多个体不可能以特定方式考虑其他个体）时，我们也会用到这些词语。在艺术领域，关于"排他性"和"边际化"的不恰当性还有一个原因，那就是这些词语对它们自身来说有一种否定性，而存在于任何时间点上的极限，经常被赋予能力的同时又受到限制。（当然，种族的、道德的、宗教的极限也是被赋予能力的，但它们会促发一些不平等，比如经济特权和权力的不平等，但这在道德上显然是不可接受的。）在每一次文化转型中，正是这种可能性的同步开放与关闭的结合，才产生了持续的不稳定性，也因此为变化的发生创造了持续的机会。

六、遭遇他者

从黑格尔到当下的许多论述中，"他者"或"大写的他者"所具有的意义与我选取的意义还是有些不同。特别是在许多关于"他者"的论述中，表明了一个自我遇到的原有实体，最明显的是指表明了另外一个人。例如，在列维纳斯的著作中，为了显示人文维度，"他者"经常被称为"他人"（Autrui）而非"另一个我"（l'Autre）。这种"他者"观念与圣经的"邻居"观念有紧密联系，尽管最终被论述的"他性"就是上帝的他性。在殖民研究或后殖民研究中，"他者"倾向于指那些由主宰性力量认定的被殖民化了的文化或人们。❶ 无论确切情况如何，"他者"在那些描述中，主要是一种从外部而来的冲击力，它挑战原有的预设、习惯和价值，并需要对它们作出反应。

在作为一个我被迫要对原有实体作出反应的他者（比如一个人）和作为一个来自我的精神领域外围的召唤或命令的他者（比如我在参与创造性行动）之间，两者的差异有多重要呢？乍一看，它们之间似乎没有共同点。就第一种情况而言，我们可以说他者就是他者，因为它的本体、意识中心、对我的道德诉求等都完全

---

❶ 通常情况下，一种文化或人的压迫是根据作为"他者"的范畴化来描述的（因此"他者"变成了动词性意义上的"他者化"）。在这种关系中，没有创造性，也没有对他性与独特性的反应。就像德里达所说："种族主义也是他者的一种创新，但是为了排斥它并把它束紧在同一的圆圈内"（雅克·德里达．心灵；他者的创新[M]//雅克·德里达．文学行动．德里克·阿特里奇，编．纽约：劳特里奇出版社，1992：336 n. 17）。

超越了我的理解范围，因此对于我和我的体验来说都完全是陌生的。而就第二种情况而言，他者只有在它还未开始形成时才是他者，只要原有的思想或语言模式的复杂性、可容度和超定性还是它的滋生地，他者就不能诞生。当他者确实开始形成了，它就必然（至少暂时地）不再是他者。在第一种情况下，我们能够断言那种他者就是他者，因为它似乎从最初的相遇开始就是这样；而在第二种情况下，他者只有在回顾性的过去时态中才能被确认，因为在创造性过程中，一切都是无法确定结果的冒险、猜测和可能，而在这一过程之后，他者已经被"同一"（尽管是不同的"同一"）所容纳。前文中的第一个例证，我们是想说明那是对作为他者的他者作出的反应；而第二个例证，是想说明那是对作为不同于他者的某物使他者得以形成的反应。

　　然而，这种僵硬的区分在更严密地考察下不会存在。因为在某种程度上，我是以一个人而不是以他者的形式来理解"既存的他者"。我能够辨认出一个人熟悉的轮廓，也就是说，我能够将他同化到我原有理解的图式中。的确如此，我的反应之一可能就是对他人主观性的一种确认，这种主观性无法穿越我的主观性；或者，我的反应是接受了他的道德主体诉求，而这种接受不会限制我的道德诉求。但是，这些对人的反应不同于对一个独特个体的反应，而是相似于对种群意义上人的反应，这种反应带着与我相同的"同等自我中心"，它是"世界的另一个起源"。❶ 然而，在此过程中，通过一种关注行动，如果我对同

---

　　❶　这两个分别来自小说传统（乔治·艾略特）和现象学传统的词语，表明了这些道德话语的一般性力量。然而，我希望它们也暗示了对我这里所讨论的他者的独特性的反应。

化过程中的一些失败、我在归类时的一些滥用或内在冲突依然保持或变得警惕，那么我可能会对他人独特的他性作出反应。正是在确认他人的独特性过程中（因此，我们无法找到一些普遍的规则或图式来完全说明他的独特性），我们才可以说是一个人遭遇了作为他者的他者。同时，那些规则或图式的转换（虽然是暂时地）要考虑到不再成为他者的当下。可是在确认作为他者的他者时，我遭遇到了我的思考和判断以及作为一个理性代理人的能力极限。以这种方式，与一个人的他者相遇，在本质上与对他者的体验是不同的，因为一个人总是创造性地试图构想出新的论点，或者生产出一部原创性的艺术作品或哲学作品。❶

这似乎是为了理解他性的需要而匆忙得出的反应，这种反应也是一个不能理解原有思考和评价模式的结果，但它确实是一种创造。对他人独特他性的充分反应（从而使那种他性可被理解），就是创造性地重塑原有的规范，因此我们把人作为一个类来理解，而且在那种重塑（必须是首创的和独特的）过程中，我们才能找到对他的独特性作出反应的方式。不仅如此，对他人独特性的尊重，需要我们每次在遇到他的时候，愿意创造性地作出反应。这也是他不再完全是原来那个人的事实所要求的事。因此，在这种情况下，"他者"严格来说就不是一个遵照惯例可以从伦理或心理上来理解的人。"他者"又一次变成了作为

---

❶ 因此，在这种语境中"好客"（hospitality）这个术语是合适的。对他者（无论是一个人、一群人还是尚未成形的思想或形式的可能性）的好客暗含着这样的意愿，即不仅愿意接受他者进入自己的领域，而且为了欢迎他者愿意改变并且有时是激烈地改变了自己的原有领域。参阅德里达、杜弗勒芒特尔的《论好客》和德里达的《"好客"》。

同一的我和独特的我之间的一种关系（或一种关联），这种他者对我来说是异质的，它会打破我的同一性。如果我成功地对他性和他者的独特性作出恰当的反应，那种他者就是与我关联中的他者（总处在一个特定时空里）。在那种关联中，我作出反应，创造性地改变自己，也许也能改变一点世界。

这个通过接受变化而对他人的反应过程，与一名作家重塑思想规范、进而认识到一首诗或一个论点中新的可能性的反应过程是相似的。正如常言所说，一名作家对获得此种反应的感觉，是得到了他一直寻求的东西（在一句诗行里找到了一个恰当的词，或清晰地阐明了一个论点的另一层次）。他会说"我终于用对了！"或者"我终于找到它了！"，而不会说"我终于创造出新东西了！"❶诚然，这很可能是作家整体意向的一部分，他想写出与以往任何句子不同的句子，同时，那些句子也是可理解的、有益的和令人愉悦的。但在创造性思想中最重要的，既不是革新问题也不是交流问题，而是为了对思想（甚至是还未梳理清楚的思想）和情感（甚至是还没有客观对应物的情感）的一种恰当而慷慨的反应需求。在对他人或作为一个人的他者的反应中，我们需要相似的公正，也需要以相似的步伐走进未知的领域。我们在本书后面章节中论述文学阅读问题时，将再次看到创造性与反应性之间并行的重要性，以及为了公正地对待两者中的他者而作出努力的伦理意义。

---

❶ 与此相似，I. A. 理查兹发展了一种作为交流的艺术理论，他必须处理这样一个事实："艺术家不是有意地关注交流规则，而是使作品、诗歌、戏剧、雕塑、绘画或别的什么变得'正确'，而明显不顾它的交流性功效"。（文学批评原理［M］. 2版. 伦敦：劳特里奇和基根·保罗出版社，1926：18.）

第三章

原创性与创新

一、原创性概念

　　创造是一个个体事件。当一个个体使超越了他的知识、预设、能力和习惯的新事物产生的时候，创造就发生了。当已经形成的新事物成为更大范围内的文化规范和文化惯例的他者时，我们通常以"原创性"（originality）这个术语来命名其展示出来的品质。❶

　　有创造性就是一个人从占有的任何素材中挖掘出新东西。因此，我们毫无困难地认为儿童具有创造性，因为他们总能找到新方法来调度他们已接受的有限的文化成分（即使他们创造出的东西已被许许多多的孩子创造了出来）。然而，原创性就是去创造这样一种东西，使它与生产和接受它的文化母体规范显著地相背离，这显然是相当稀缺的成就。（那种文化母体可大可小，但它一定有一个限度。因此，我们说约翰·邓恩的抒情诗，在英国文学和在欧洲文学的语境中具有原创性，但在世界文学的语境中它未必具有原创性意义。）正像创造性不会引发原创性一样，原创性也不会必然地成为创造性的标志，原创性也可能偶然发生。但是，我们主要讨论的这种原创性起因于创造性，我们感兴趣的这种创造性（我已在前文中以简·奥斯汀的作品

---

❶　原创性概念在文学研究中有着源远流长的谱系，它经常与"天才"结合在一起出现，而与"模仿"相对立。虽然在朗吉努斯的《论崇高》中明显有大量论述，但它在文学理论界第一次得到全面论述的是在爱德华·扬（Edward Young）的《原创作文研究》（*Conjectures on Original Composition*，1795）一书中。

为例）导致了原创性作品的出现。

很显然，我们提到的"原创性"并不意味着在某一特定领域，一部既定作品与它前面的作品之间没有任何差异。倍受重视的原创性（它与单纯的新颖截然不同）与它先前的东西必然有某种差异，那种原创性会改变当下谈论的领域，并影响后来的实践者。（这不仅适用于艺术，同样适用于科学。）第一位清楚地阐述了这种差异的思想家是康德，❶ 他的重要贡献在于清晰地区分了单纯体现差异的原创性——他称为"过分胡言即原创"（nonsense too can be original）——与他命名的"典范的原创性"（exemplary originality）之间的不同。他认为"典范的原创性"是天才的产品，它为后来的一些缺乏天赋但又擅长汲取新方法的艺术家们，提供了一种条理清晰的再生产模式。更为重要的是，它为后来天才的进一步典范的原创性实践起到了一种刺激作用。❷单纯体现差异的原创性艺术家，会根据原创性作品的操作特点推导出一些规则，然后只是简单地模仿它，而拥有典范的原创性的艺术家会通过发现全新原创的方法对原创性作出反应。从现在起，我都是在"典范的原创性"这个意义上来使用"原创性"这一术语的。

尽管创造性行动似乎是个体内部的事，但作品的素材是从一种文化或众多文化的混合物中吸取的，所以其创造性依赖于

---

❶ 扬（Young，他的文章由 J. G. 夏文介绍给了康德）等对康德的原创性理论的影响有大量论述，参阅马丁·盖蒙（Martin Gammon）的《"典范的原创性"：康德论天才与模仿》一文。"原创的"一词对扬来说，比对我们更强烈地暗示了它的同源"血统"，扬的观点是，原创性作家"延伸了字母王国，给它的领土增加了新版图"（原创作文研究［M］. 利兹：斯科勒出版社，1966：10）。

❷ 以马内利·康德. 判断力批判［M］. 维尔纳·S. 普鲁哈，译. 印第安纳波利斯：哈克特出版公司，1987：175，186-187（Ak. 307-308，318）。

它发挥影响的那种文化（假如它对那些文化有影响力的话）。如果要有创造性（在有限的意义上），那么一个人只需要那些碰巧发生作用的素材，而不管是否认同它们；而原创性（创造性得以在文化上显示出来的唯一方式）要求与周围的文化母体能够紧密结合起来。最具有革新性的艺术家或科学家，通常具有超常地融合各种文化素材的能力，反过来他们也会强烈地影响文化本身。这不完全是一个人掌握素材的丰富度和范围问题；正如我已提到的那样，原创者在文化领域中发现的不仅是文化素材，而且是文化素材中的裂缝、曲解和张力，它们表明了来自他者的、迄今不能被接受的以及必然被排斥的压力。

一部原创性作品被创造和被接受以后，文化领域就会变得不同。一些旧的发展的可能性会慢慢消失，而一些新的可能性会衍生出来。正如前文所言，那些新的可能性中既包含能够被模仿的规则，也包含不能被容纳的却能激发更多原创性的他性。这就可以解释西方艺术史上为什么鲜有倒退的艺术运动。在西方艺术史上，原创性作品甲为原创性作品乙的出现创造了某种可能性，而原创性作品丙的出现并不依赖乙，而是由甲开始的那些早期变化所引起的。更为普遍的是，在"甲—乙—丙"的序列中，丙指向甲的东西会受到由乙引起的文化环境变化的影响。

当然，艺术家受到过去作品的激发并不稀奇（在适当的时候，我们将研究这一过程），作为取得原创性成就的策略，经常需要回到更早的时期，前拉斐尔派这一名字就正好体现了对这种方法的自觉运用。然而，这种从那个时代状况起源的回溯方法，几乎与其他任何一种革新策略都是一样的。那些忽略了前辈们所创造的、已变化的术语的艺术家，无论多么赞赏他们的作品中包含先前存在的任何可能性，但还是在一个历史的死胡同中创造的。尽管我们可以享受到他们对早期模式的高超操作（比如 20 世纪在利物浦和纽约的哥特式大教堂），但我们不会体验到一扇新门被打开时的那种兴奋，以及为了创造而出现的新的可能性。严格说来，这样的作品是不需要后继者的，遵循它们就是生产模式化作品。它们只有在原创性迸发的那个时刻（我举的两个例子都有这个特点），才为进一步的革新提供了基础。

尽管原创性有时被认为是现代艺术的一个定义性特征（如庞德的"日日新！"，浪漫主义时期的主将华兹华斯的"伟大的原创作家"必须"创造出能使他自己陶醉的品位"等），但至少从古希腊雕像家在石质人像新的表现形式的压力下，停止雕刻四肢僵硬的青年雕像或更早的时期起，原创性毫无疑问一直是（尽管不经常是以原创性的名义）西方艺术实践和接受的核心。❶ 诚然，创造性冲动在一些时代比在其他时代被赋予了更高的价值。如果一个人从像我们这个极其重视原创性的时代看过去，就会发现一种高估了原创性的历史重要性的倾向。有时也

---

❶ 正如阿多诺针对他所说的一定时空中的"环绕模式"（encompassing norms）论述道："也许很少有在任何方面都很重要的作品，凭借它自己的形式，作品不会调解那些模式，实际上也因此不会改变它们"（西奥多·阿多诺. 美学理论 [M]. 格雷特尔·阿多诺，罗尔夫·蒂德曼编. 罗伯特·霍勒-肯特，译. 明尼阿波利斯：明尼苏达大学出版社，1997：334）。（本句中"在任何方面"也许是一种夸大，因为没有原创性的作品，如果它不是严格意义上的艺术作品的话，则在某些方面也可能是重要的。）库切在《伊丽莎白·科斯特洛》（伊丽莎白·科斯特洛：八堂课 [M]. 伦敦：塞克和沃伯格出版社，2003：134-141）中以约瑟夫这个人物形象提供了一个反例，一个受雇于纳塔尔布道所的祖鲁雕刻家，一遍又一遍地雕刻着耶稣被钉死在十字架上的相同模仿画像。对伊丽莎白来说，不希望任何革新就是对艺术的否定，而对她的妹妹布兰奇来说，这表明了古典传统遗产衰败后基督教思想的胜利。

一样，熟悉性使得衡量处在它自己时代的革新变得非常困难。

　　然而，人们常说，在任何一种西方艺术形式中，为了我们现在称为审美目的的东西，无须对接连不断的风格和一般规则进行过多的历史考证，就能认识到世界上经常存在这样一种驱动力——发现新的形式安排、艺术与被感知世界的新关系以及利用手头各种素材的新方法。艺术史、音乐史和文学史几乎经常把革新作为它们的基本叙事原则，它们的历史记录了那些获得突破性时刻的名字和日期：苏杰院长在修建圣德尼修道院时运用了尖角的拱门，惠特曼以毫无规则的韵律创作诗歌，阿尔布莱希特·阿尔特多夫的风景画中没有人物和叙事，以及巴迪·伯登在新奥尔良即兴创作了小号独奏曲。记录这些历史时刻的名单会很长，如果我们掌握了更多的历史知识（毫无疑问，其中也会有质疑我们所珍视的事例的情况），这些名单还会更长。这并非承认革新经常由相同的原因承担和评价，或者它经常会遇到相同的接受过程。然而，不可否认的是，在数千年的历史中，它有一个引人注目的连续性，尽管在每一种艺术史上人们都承认它，但很少得到详细的理论考察。

　　在以"时尚"这个相当蔑视性的标题下，讨论经常发生的革新历史是不恰当的，因为这种"时尚"观念通常暗示了变化的动力是人类会产生厌倦的本能倾向。这种厌倦带有对新颖的渴望，或者进一步分析而知，市场经济总是要说服消费者，他们需要不断地以新商品和"改进型"商品来代替旧商品。而在艺术史上，我们也必须承认那些因素以不同面貌确实发挥着影响，变化的本质及其对文化领域的影响都表明还有许多更要紧的事情。尽管革新经常是不可预见的，但人们事后通常会发现它起源于一个时期文化领域的特定状况，以及文化领域与其他如社会、政治和经济领域之间的关系。（尽管在回顾时，革新可能有一套严密的逻辑，但这并不意味着革新就是那种文化领域发展状况的唯一可能结果。）大量来自外部因素的压力促成了现行的艺术实践，这些因素包括技术上的（如扩展更大空间或运用更薄材料的能力）、经济上的（如在困难时期减少资源运用的需求）、政治上的（如在被占领的国家使用伪装性措辞的需要）、国际上的（如在征服或移民后受到另一种文化的冲击）和意识形态上的（如在后革命时期传统艺术模式的不充足性）。这些外部压力通常清晰地呈现出文化领域的那些裂痕和紧张，而它们曾被理所当然地作为充实和自足的艺术表现模式来运用。如在18世纪末，双韵体似乎逐渐被看作限制性结构和过于智力化的诗歌创作方式；又如在19世纪末，大量的人类悲剧似乎在小说中并未被充分表现出来。

在特定时期，特定艺术形式的标准惯例既为艺术作品的创造提供了各种养分，但又限定了其创造活动的范围，不断变化的需求和期望常常将这种平衡由可能性转化为局限性。❶尽管在某一特定时期，文化母体会阻碍我所说的"他者"的进入，而只允许出现一小部分理论上可能的智力和艺术形态，但在文化母体的内部分歧和外部冲突中，通过艺术家的创造性劳动，它也提供了他者进入的条件。勋伯格的音乐不可能直接跟随巴赫，因为巴赫并未使勋伯格的音乐成为可能，而瓦格纳则可以使其成为可能。这不是说在瓦格纳之后，音乐发展的唯一道路就是走向无调性风格，宣称有唯一道路就会否定艺术的不可预测性

---

❶ E. H. 贡布里希在《艺术与幻觉》中就视觉艺术、查尔斯·罗森在《古典风格》和《勋伯格》中就音乐艺术的形式变化研究，都是非常富有启发性的例子。

和艺术品的他性。当然，这也不是说艺术是从低级模式向高级模式"进步"或"发展"的。尽管在特定历史时期，基于那个时代（和可预期的将来）的需要，一些创造模式会激起人们更大的响应，但这并不能保证那些创造模式会一直保持它们的优点。未来会有新的需求，它们与旧的需求一样迫切和复杂，无论盛行的文化框架是什么，永不停息的原创性驱动力不会关心任何"进步"或"提高"的更大叙事。

俄国形式主义者所倡导的"陌生化"（运用各种文学手法使已经很少被注意到的习惯变得陌生起来），在不断的革新过程中有一定作用。但是，情况远不止如此，形式主义者相信凭借那些文学手法，就能呈现出"现实"的想法是无法得到证明的。他者不是实在的，而更多的是一种真理、价值、情感、做事方式或者这些东西的复杂糅合；他者可能在历史上曾经受到排斥，但它的出现或重新出现对于特定时空来说是至关重要的。（我们在后面会回到这个问题上，讨论他者出现时可能具有的重要性。）在最完整的意义上，当内外部压力的结合使得有天赋的个体或群体有可能创造出一件艺术作品的时候，原创性就会显现出来。正像我们常说的那样，这件艺术作品开创了新的领域；或以我一直使用的术语来说，它把他者带进了同一之中。

二、体验原创性

人们通常说我们是在欣赏詹姆斯·瓦特或居里夫人的工作

的原创性，而很少说我们是在体验其原创性。然而，在科学和机械领域，我们有时会直接遇见极具原创性的工作业绩，这时发现用"体验"这个词则更为恰当。检验约翰·哈里森留存给我们的经纬仪，就是体验一股强大的原创性，它使海上的精确航行成为可能。而且，人们对他的贡献的历史意义越熟悉，就越能感到那种原创性。我毫不怀疑一个谙熟数学思想史的人，在阅读或重读牛顿的《数学原理》或塔斯基的《逻辑·语义学·元数学》的部分章节时，也会经历这种相同的体验。

在艺术领域，这种体验更为普遍。置身于美轮美奂的13世纪意大利绘画，面对位于阿雷那小礼拜堂的乔托的壁画，我们不仅被那些对人类情感栩栩如生的、恰如其分的描画所震惊，也被那些形象突然在它们自身和已内化在我们身上的早期艺术形式之间打开的空隙所震惊。我们会感到发现的惊喜，也会感到工艺进步的兴奋，这同时是视觉表征向新的可能性开放的一次转换。聆听了一系列海顿和莫扎特的交响曲之后，再去倾听贝多芬《英雄交响曲》的开头几节，不仅是突然走进了一个拥有巨大暗示性和富有节奏性的和谐世界，而且是带着明晰的喜悦接触到了这种音乐得以在交响乐风格史的一个特殊节点上所形成的卓越成就。❶ 在这种体验中，我们能够清晰地对我所说的艺术作品的原创性作出反应。当然，在这种反应中，我们也许会犯错误，如将某一作品的原创性比事实上的时间推定得更早或更迟，或者没能辨认出它的原创性只是对一个真正开拓性作

---

❶ 当然，不需要历史知识来鉴赏当代作品的原创性（或缺乏原创性）的品质，但那些作品确实依赖于接受者的文化意识。稍后我们将回到当代艺术的特殊范畴，参阅本书第三章最后一节。

品的模仿。当我们确认那些原创性时，这些错误会影响我们的
欣赏和判断。在许多观赏者看来，凡·米格伦对维梅尔的模仿
是极具原创性的绘画作品，但在后来证明，那些作品并非出自
维梅尔之手，而这一发现立刻使那些作品转变为对那些风格原
则的程式化模仿。

不言而喻，体验过去的原创性依赖对新作品出现时的背景
知识的熟悉程度。为了充分体会但丁《神曲》中令人兴奋的新
颖，我们需要沉浸于 13 世纪末至 14 世纪初的意大利、特别是佛
罗伦萨的文化历史之中，需要广泛深入地阅读但丁同辈和前辈
的作品，也需要在我们的头脑中，尽可能地去复原但丁诗歌出
现时的那个时空的习惯、预设和期望。尽管这样的努力一定是
在一个非常有限的程度上才能取得成功（我们也没有办法得知
能取得多大的成功），但毫无疑问，它对我们欣赏和享受但丁的
作品有着重要的影响。事实上，当我们阅读过去的作品时，我
们大多数人依靠的是学者们的洞悉，他们接受这个任务，有选
择性地走进那些导论、注释、课程、电影以及许多不同的路径。
因此，我们对文学作品的理解，由于吸收了文本本身之外的信
息而变得丰富起来。当然，我们越了解作品的文化外壳、创作
时间、创作地点、阶级色彩和代际状况，就越能直接判断作品
是否具有原创性。

显而易见，我们在当下欣赏诗歌、绘画和弦乐四重奏时，
对原创性的体验是一个强烈而愉悦的元素，即使它有一种存在
于历史作品中的属性。但是，我们经常由于缺乏对作品在艺术
史上地位的了解，而不能成功地解释清楚许多作品作用于我们
的强度和直接性。因此，我们需要转向革新的其他层面，来描
述这个艺术接合的至关重要的维度。

三、独创性与创新

除了艺术领域的其他领域，"原创"（original）和"原创性"（originality）差不多与"独创"（inventive）和"独创性"（inventiveness）这些术语是同义词。然而，它们之间的一个区别是，"独创"和"独创性"更强烈地暗示了需要创造出一种原创性的实体或者观念即创新的思维活动。我们使用"创新"（invention）这个术语的一个好处，就是它像"创造"（creation）这个术语一样，既可用来指一个事件也可用来指那个事件的结果。所以，我们为出现的一个物体命名，当作为一次创新被感知的时候，这个名称就不会完全与产生它的过程分离。❶ 在最普遍的意义上，创新可能是一种新方法、新程序或新技术，但创新行动（正像我们已论述的那样，它也是一个事件）是一种精神技艺，它走向未知世界，它既能使新实体的制造成为可能，也许更为重要的是，它也能在文化中普遍地带来具有独创性的新事例。

---

❶ 德里达在《心灵：他者的创新》一文中说，"创新"是词语的意义节点最好的描述。在利奥塔的用语中，"形似性"（paralogy）或"谬论"（paralogism）是最接近"创新"意义的术语，它在创新会创造新规则的事实上意味着不同于"革新"的实践（后现代状况：关于知识的报告 [M]. 杰夫·本宁顿，布莱恩·马苏米，译. 明尼阿波利斯市：明尼苏达大学出版社，1984：43，61；也参阅比尔·雷丁斯. 利奥塔简介 [M]. 伦敦：劳特里奇出版社，1991：72-74）。（我应该补充一句，我对"革新"的使用在其适用范围上要比利奥塔的更宽泛一些。）

　　因此，我们可以直接把创新与创造进行对比，以同样方式却不能把它与原创性对比。在关注创新的奇特性之前，我们需要讨论一下这种对比，因为这种对比既能运用到艺术领域也能运用到其他领域。❶ 创造对于创造者来说，是指使新事物产生并在其创造的事物（不管是精神的还是物质的）上充分体现出来。但是，当创造事件也成为创新事件时，它的影响会显著地超越所创造的实体。创新具有最充分的原创性，即康德的典范的原创性，它是素材的新运用，而那些素材既能被模仿也能被创造性地发展、戏仿和质询。❷ 如果一个已创造出的实体（比如，一个哲学观点、一种科学理论、一项政治制度或一件艺术作品）完全被一种文化所容纳，那么通过这种容纳，那个实体就会在文化规范中带来长久的变化，从而允许别的东西自由地运用新格局。然而，那种运用是没有创造性的（或许没有意识到它的起源）。同时，这种明显的容纳过程（它是新的规范和原则的出现），通常会再次打破文化领域的平衡，因为那些新格局本身将要依赖那些曾被排除在外的东西，并对它们施加一定的压力。在这种情况下，我们可以说那种容纳仅仅是部分的容纳。而正是在这种部分的容纳中，进一步的创新——通常是与系统内部固有的、潜在的他者接合——就会呈现出来。

---

　　❶ 乔治·斯坦纳在《创造的语法》（伦敦：费伯出版社，2001：89-93）一书中，用了好几页篇幅在"创新"（invention）与"创造"（creation）之间作出区分，但他也认为"完全的区分是可疑的"。我描述的这种区分只是利用了其内涵中许多差异中的一个。

　　❷ 当我们指时尚设计师或厨师的新创造时，有时在接近"创新"的意义上使用"创造"。在这里相关个体也许不会制造出任何物理实体，但已经带来了一种设计或配方，而其他人把它作为进一步创造的跳板既能效仿也可运用。而在本书中，我是在一个狭义上使用"创造"（creation）一词的。

"创新"一词的旧义就像"发现"（在修辞学上叫"发明"）一样，在此并非毫无关联。很多艺术家、作家、科学家等的证言（这些证言应该得到认真对待，而不能像惯常的那样，仅当作一些天真或神秘的东西而不去考虑）表明，创新的体验是突然遇到一种形式、一个词语或一种方法的体验，那种体验似乎是在回顾往事中，已经事先等候了多时的情况下产生的，或者是在突然被照亮的那一刻，发现了那种形式、那个短语或那种方法。在这里，我们再一次引用德里达的"双重词语"（double-headed phrase）是非常贴切的——创新经常是他者的创新。虽然他者不以一个实体而存在，但是它作为一个事件而存在。（在科学知识领域，我不想在"创新"与"发现"之间作出明显的区分，因为一件机械的创新可能涉及一个物理原理的发现，而一种方法的发现和新机械的创造一样，也需要同等的独创性。）

当然，在决定个体的创造是否取得了公共创新的地位时，还有许多实际问题发生了作用。出于种种原因，一个能带来显著变化的、被创造出来的实体可能会被忽略，它的影响会被产生它的环境或同时期另外的事件所转移、缩小和遮蔽。在这一点上，历史毫无公平可言。在间隔多年甚至几代人之后，一个独创性事件才有可能被注意到，或者更准确地说才第一次被发现。尤金·斯勒茨基关于消费经济学的开拓性文章发表于1915年，但直到20世纪30年代中期才被人们注意到；格雷戈·孟德尔在19世纪60年代关于遗传法则的独创性精心研究，经过半个世纪之后，才对生物科学和农业实践产生重大影响。因此，独创性并不是一次行动或者一个被造客体的固有特性，它仅仅在回溯中被暂时指定。如果一个人要去谈论那一事物本身的一些特征，他只能提及它"潜在的独创性"，但这种潜在的独创性具有不可测量的特性，因为在不断变化的接受事件之外，没有一处可做这种测量的立足之地。但是，独创性并非仅仅是由外部的、任意的历史语境所赋予的特性，创新经常与文化实践和文化体系紧密地连接在一起，并使它们发生变形或断裂。所以，独创性行动一定与围绕它的偶然性有着必然联系，那种偶然性也会影响到它的命运。❶

因此，在一个创造者的眼中，创新实际上只变成了一个在文化上能被多大程度上接受的问题。正如我一直所强调的那样，严格说来他性是一个相对的术语（他性就原有的主观性或事态而言经常是他性），这就是创造者为什么必须要特别地调和好其所处的文化环境的原因。在为这个世界创造了新东西的科学家、艺术家或哲学家看来，他们的许多作品在被人们广泛接受时，证明了它们只不过是外表穿了不同衣服的熟悉的东西而已。

四、艺术领域的创新

我们已经看到，艺术、工程学、数学或哲学在它们所处那个时代的原创性，能够在后世历史想象的实践中被注意和被欣

---

❶　一次创新能够在不同文化和不同历史节点上多次发生，其中一个例子就是算盘的发明（参阅：诺伯特·维纳．创新：观念的照料和供给［M］．剑桥：麻省理工学院出版社，1993：12）。也许更引人注目的是，创新在大约同一历史时期、不同文化和相似的科技发展阶段出现的情况，引来了谁是真正创造了某物的无休止的争论。

赏。然而，在过去许多艺术作品的革新品质中，一个奇特而重要的特性就是它能为当下带来一种新颖感和新鲜感，也有一种把他性引入当下的感觉。对于我指称的这种体验，F. R. 利维斯的评论是很有代表性的描述，他于 1936 年在《牛津 17 世纪诗歌选》中这样写道：

> 在用 90 页的篇幅（还有一些次要表述）介绍了福尔克·格雷维尔、查普曼和杜雷顿等之后，我们看到：
>
> 我真猜不透，相爱之前你我是谁？
>
> 是不是那双幼稚的少年，叼着奶嘴，
>
> 童真无邪，无忧无虑地在那乡村？
>
> 还是那打着呼噜沉睡的七个小矮人？
>
> ……
>
> 在这里，我们停下来像学生一样阅读，或像选集的鉴赏家们一样阅读，我们在有生之年不断地阅读它。这种原创性的非凡力量使邓恩对 17 世纪的诗歌产生了如此巨大的影响力，以至于我们今天还能体会到。如果没有他的原创性，那个时代和这个时代的人就会少感觉到许多东西。❶

利维斯毫不犹豫地将邓恩诗歌时代的典范的原创性，与使现代读者感到新鲜和重要的原创性等同起来。❷从表面看来，原

---

❶ F. R. 利维斯. 重估：英国诗歌的传统与发展 [M]. 哈蒙兹沃思：企鹅出版社，1964：18.

❷ 参阅庞德的《文学是永不过时的新闻》（"Literature is news that STAYS news"）一文（埃兹拉·庞德. 阅读入门 [M]. 伦敦：费伯出版社，1951：29）。

创性的两个时间匹配似乎是一个不大可能发生的巧合，即使这其中渗入了四个世纪的文化变迁，但它依旧存在于我们称为艺术实践的独特性的中心。这种体验不会在除了艺术领域之外的其他领域发生。对哈里森经纬仪原创性的震惊，并不会感觉到其创造与我们接受之间的几个世纪的时间已被暂时溶解。那么，我们怎样才能合理地解释这种冒犯，使这样一种熟悉的特性成为我们对艺术作品的反应呢？

为了阐明在那些时刻发生的事，我继续使用"原创性"这一概念来指称新可能性的形成。这些可能性可以在艺术作品产生的那个时代获得，也可以通过历史重构过程获得；而为了当下直接感受到革新性，我也保留"独创性"这个概念。至于这些术语的某些特殊意义，在本书后面的章节会得到详尽说明。但是，艺术领域的原创性体验，像在其他领域中一样，是对过去的一种再创造。而艺术的独创性连接着过去和当下，它不像科学、数学、经济学或政治学的独创性那样，不能与原创性清晰地区分开来。一种艺术的创新就是当下的独创性。❶

这并不意味着艺术创新的历史情境性无关紧要。当我对艺术作品的独创性作出反应的时候，我会利用我已经内化于历史语境中的任何表征，这会给我的反应提供素材并强化那种反应。但是，在那种反应中，准确的历史知识并不是必不可少的因素，

---

❶ 康德有点令人困惑地拒绝把天才归功于伟大的科学思想（判断力批判 [M]. 维尔纳·S. 普鲁哈，译. 印第安纳波利斯：哈克特出版公司，1987：176-177；Ak.308-9），这可能是对这种差异的一种间接反应。他把通过勤奋学习追寻牛顿足迹的可能性，与从荷马、威兰德的创造性过程撤回的不可能性作了对比；而这种对比对我来说，似乎是与原创性作品的历史距离和经常存在的艺术独创性之间的东西联系在了一起。

享受艺术从来不是历史学家独占的领域。我可能会在体验我正阅读的一首诗的原创性时犯错误，但我不会在体验它的独创性时犯错误，因为独创性总是为读者而存在的独创性。当然，如果我的反应是建立在我个人的一些特殊习性之上，或者建立在对自己的文化语境以及对那首诗创造时语境的非常有限的了解之上，我就不可能说服别人对那首诗的独创性有与我一样的体验。但在这种情况下，我的独创性体验很有可能是幼稚的和短暂的。因此，深入了解一般文化及其历史通常是必需的，这不仅有助于体验独创性艺术的创造，也有助于鉴赏它的独创性。

如何将过去与当下连接起来表征一种对所发生的独创性的反应呢？尽管理查森的《克拉丽莎》在18世纪的欧洲文化情景中明显是一部独创性作品，迄今还保留着这种可能性，但当下在一个非常不同的文化语境中阅读，它还能如何保持那种独创性呢？卡拉瓦乔的独创性在16世纪末对罗马文化产生了重大影响，但他的绘画在和他同时代的作品一起展出时，为何我们还觉得它现在是那样出类拔萃和熠熠生辉呢？这些问题是谜一般的难题，至今没有令人十分满意的答案。

体验过去的独创性作品就是与他性的相遇，他性要么以某种方式存在于时间的消逝之中，要么一段时期内被文化所容纳，又一次在当下变成了一个事实上的缺席。这种体验的起始点是接受者自己的个体文化。也就是说，他以自己特有的方式参与到他所处的文化框架之中。如果利维斯多花一点时间和精力去了解约翰·邓恩作品之前或同时代的伊丽莎白时代的抒情诗，那他就会发现有大量诗人或诗歌早已秉持那种公式化的写作，并以其独特的和独创性的声音进行了创作。比如福尔克·格雷维尔，也许他被利维斯忽视了；还有沃尔特·罗利，利维斯没有提到他。然而，只有邓恩对利维斯有吸引力。毫无疑问，这里的部分原因是现代批评家已经吸收了 20 世纪早期诗歌创作与阅读的一些发展，那是崇尚表达的直接性、措辞的精巧性以及卓越的智力与强烈的情感相结合的观念。《歌与十四行诗》中的诗歌给了我们体验独特性的机会，那种独特性似乎是直接向邓恩言说的，那是一种抵制完全被容纳的他性，也是在每次阅读中重新发生的独创性。利维斯表达出的充满矛盾的体验，也是我们都熟悉的体验，那是一种认可与亲密，同时也是一种陌生和新奇。尽管 17 世纪的诗歌阅读与 21 世纪的诗歌阅读是完全不同的两种阅读活动，但正像利维斯所宣称的那样，对独创性（在语调、韵律、戏剧性表现和语言上有相同的革新）的反应可能是相同的，那种独创性至少部分地使邓恩的诗歌在那个时代产生了巨大的影响力。

但是，这种跨越巨大时间鸿沟的能力，并不是每次艺术创新都可获得的。在文化历史的特定时期，有一些过去的作品有效地传达了它们的独创性，从而引起了读者的关注；而一些在早期可能具有独创性的作品，当下却没有显示出其独创性。一部作品可能会以一种挑战文化规范的姿态出现，并在几个世纪里依然保持那种挑战，这是因为它从来没有被完全容纳。也就是说，那种文化从来没有调整到使那部作品的他性成为同一性的程度。尽管"拉伯雷式的"这个术语已经融入许多语言，但《巨人传》依然是一部让新读者感到惊讶的作品，这是因为在它挑战的 16 世纪规范和期望与 21 世纪早期的规范和期望之间，有一种产生这种相似效果的充足连续性。

由于文化的变迁，一部作品可能很快失去它的独创性，或者失去它的部分独创性。后来，它的独创性可能会、也可能不会重新获得。我们无法从另一位演员的表演中再次体验到雅典悲剧舞台上那种令人震撼的效果。实际上，对我们大多数人来说，埃斯库罗斯戏剧中的他性，已经包括那两位演员的表演因素。希尔维斯特对巴塔斯的《神圣的威克斯和沃克斯》的翻译，在 17 世纪时那样地让人大开眼界，而如今是一段段乏味的诗行堆积；萨尔瓦多·罗萨的浪漫风景画较之于三个世纪前的观赏者来说，对于 21 世纪的观赏者而言似乎（也的确是）就不能感觉到原来那样强烈的独创性。在这一点上，邓恩的诗歌本身就是一个恰当的例子，它几乎不能为 19 世纪的读者提供亲密的体验，而那种亲密对于 1936 年的利维斯来说则很明显。

在那些历史突变中，很显然机遇一定在发挥着作用。对于许多像霍普金斯或狄金森一样的诗人来说，在他们去世以后才发现其作品巨大的独创性，而肯定有许多诗人的独创性还没有被发现，或许永远也不会被发现。然而，文化需要和期望的变化背后，总有许许多多的历史原因。那些历史变迁既发生在作品被阅读时的狭小传统（比如爱情诗传统）之中，也发生在社会生活和人际互动的更广泛领域。因此，华兹华斯的《序曲》既已被评价史诗的文化变化而改变，也已被在自然环境上的态度变化而改变。用个人自传来强力置换民族的或宇宙的叙事，现在已不可能让读者感到惊奇，但是《序曲》中对人与自然环境之间关系的处理，也许拥有比以前更大的力量。

历史会制约我们对艺术作出反应的本质，但它不会使那些反应显得无效。事实上，不存在一个完全不受制约的反应。❶当然，基于两种文化语境之间偶然的相似性，对过去艺术家的"发现"或"重新发现"可能相当肤浅。在这种情况下，重新被欣赏的作品不可能是被作为独创性作品而鉴赏的，那些作品也不可能诱发另外的创新。但是，如果新语境以多种方式和旧语境保持了联系，那么作品和著作（不同于它们原来的独创性，但也有一定的联系）中就会形成独创的新可能性。这种对创新再创新的能力处在艺术生存的中心地位。

我所讨论的问题的其中一个含义是：就创新而言，成功会带来某种失败。当一部极具原创性的作品或著作出现在文化舞台上的时候，正像我们已经论述的那样，它的他性效果会使一致认同的理解与期待发生转变。这种容纳过程可能意味着，到了一定时候，作品会失去它第一次出现时所拥有的一些独创性力量；它也一定意味着可能有大量产生的模仿之作，其独创性力量对人们来说远没有原作那样的力量。毕加索和布拉克于20世纪20年代创作的绘画和拼贴画，在当下却无法产生与那个时代同等的效果，这是因为那些作品向视觉表征世界引入的他性改变了我们看待艺术（也许还包括艺术之外的世界）的图式，并且这一影响持续至今。对于我们现时代的有些观众来说，他们可能认为那些曾是革命性的作品缺乏独创性和独特性，因此它们在其所处的那个时代没有多少影响力的作品（比如，亨利·卢梭的绘画），在当下却拥有了更强的视觉刺激。（当然，

---

❶　库切在谈到对似乎直接跨越了时代的艺术作品的体验时，列举了巴赫的《十二平均律钢琴曲集》，他认为这种反应的历史、素材基础不会使它无效。相反，这种反应正是使超时间的审美体验成为可能。参阅他的《什么是经典?》（收录于《陌生人海岸》）一文。

就历史关照而言，立体派绘画的原创性依然清晰可辨。）同时，17~19 世纪主宰了西方艺术的表征惯例，确实还对当下的绘画描写发挥着巨大的影响。因此，立体派绘画对当代绘画艺术至少还存在一些挑战。

但是，对于独创性体验而言，蕴含着比抬高一些作品和艺术家而又压低一些作品和艺术家的历史跷跷板游戏拥有更多的东西。若我仔细聆听海顿《创世纪》的序曲，我既可以把它和声部的冒进作为原创性——也就是说，当我在聆听时，没有遵循我对那个时代音乐的重构期望来倾听；也可以作为独创性来倾听，即使我的耳朵已经习惯了那种音调系统带有更多自由的音乐。这是因为那种音乐通过与它出现和挑战的系统的密切联系和间接涉及，成功地把自己的独创性传达了出来。换句话说，我的期望感破灭了，不仅打开了一扇跨进历史事实的门，也建构了音乐的某些东西。但这不是说每一个倾听《创世纪》的人，都会有我描述的这种体验。很显然，这需要熟悉十二音体系的音调结构，它是构成从海顿到我们这个时代的大多数音乐的基础，或许也要熟悉西方的古典音乐传统和管弦乐音乐知识。一个以前从未听过交响乐的人，可能会对那种音乐的丰富性和复杂性留下深刻印象，但这明显是一种个体独特的反应。问题不在于哪种反应"更好"还是"更坏"，这只是说明在提供特殊素材、惯例和期望的一种或多种文化中，艺术品一直在被接受也在被创造之中，这样也就阻止了其他可能性的进入。

五、创新如何引发再创新

如果一件艺术品能够穿越时间鸿沟而保留或者更新它的他性和独创性（事实上，如果这种能力就是建构了艺术品的东西），那么接下来艺术家就能够对早期的艺术创新作出独创性的反应。一位在今天创作的诗人可能从《埃涅阿斯纪》或《人生欲望多虚幻》中，发现与去年所写的诗歌中同样多的、新颖的、独创性的刺激。但是，这并不意味着艺术家在深入过去寻找灵感的过程中，失去了与当代文化之间的联系。相反，只有就早期作品对当代文化的意义而言，这种独创性才可能发生。正如前文所论述的那样，从 15 世纪意大利文艺复兴时期的艺术中寻求灵感时，前拉斐尔派的艺术家们对他们所处时代的状况作出了非常强烈的反应。

像这种跨越时间的运动，在艺术之外的其他领域都很少发生。试想有这样一位科学家，他在莱昂纳多（Leonardo）的笔记中发现了一张草图，人们也从未认识到这张草图的意义，但这位科学家以此为基础作出了一次机械创新。而对于一位当代哲学家来说，他完全有可能在重读亚里士多德或斯宾诺莎的作品时，受到新颖的独创性观点的刺激。（本书在论述亚里士多德或斯宾诺莎的作品时，也不总是很清楚在多大程度上把那些作品当作哲学著作还是文学作品来论述。）这些事件都有可能发生，因为一些科学和哲学著作中的因素会留存下来，或者经过历史的置换过程，它们会变得不被容纳。这些事件与被推迟发现的独创性根本不同，比如前文提到的对斯勒茨基和孟德尔的发现。然而，艺术作品在时间长河中以抵制容纳而存在。正是通过这种抵制，它们才使进一步的艺术创新成为可能。

就艺术作品而言，完全的文化容纳会消解作品作为艺术存在的价值，因为它将不再作为一个他者而被接受，只有他者才能打开新的可能性。让我们想想萨里伯爵（the Earl of Surrey）的例子，人们有理由把他看作英语中两种广泛使用的韵律形式的创造者：禽蛋商格律（六个或七个音步的押韵两行诗）和抑扬格五音步。❶在早期伊丽莎白时代的诗歌中，禽蛋商格律是非常流行的韵律形式，但无论它有怎样的独创性，还是被人们很快遗忘了。事实上，我们至少带着一点后见之明和含糊的知识，能够说即使萨里在一个非常有限的意义上具有明显的原创性，但他在创造一种格律时并没有显示出多少独创性，那种格律仅仅是将一种常见的歌曲韵律系统化了。换言之，他创造的禽蛋商格律，没能把他性引入英语诗歌的原有领域，继而来挑战和改变那个领域，而只是为次等的诗人提供了一个发挥自己创作的模板。相比之下，他创造的规则重音音节的抑扬格五音步，对后来人们普遍的语言和言语理解模式产生了巨大的影响。这使得在萨里之后，我们有可能探索规则的韵律和口语变体之间的张力。邓恩和莎士比亚反过来又把西德尼的诗体作为一个跳板，重新给韵律诗体带来了进一步的发展。当然，新的背离是无法从可能的创新中被预测到的；如果能够预测的话，那么它

---

❶ 萨里的原创性并不完全是令人注目的，但这不影响这里的论述。

们本身就不是（或者继续是）独创性的了。❶

六、文化距离

我们一直认为文化距离是由时间的流逝产生的，但在我们与艺术品的相遇中，也经常发现自己被迫要意识到共存的文化构成之间的差异，而这种文化差异体现在多个方面。当一位读者阅读若泽·萨拉马戈的英文版小说时，他可能会从中体验到不可抗拒的独创性，就像一位葡萄牙语读者能从中感受到的原创性一样。这或许不仅是因为译者的技巧问题，还可能是因为当代葡萄牙和英国的主导文化状况和语言规范之间有着广泛的重叠。然而，一部当代韩国文学作品的英文版译文，它在韩国的独创性对于一位英语读者来说，他所体验到的就未必是同样的独创性，从而不能把它按照原来的样子归属到一种截然不同的文化传统中。如果那部作品确实打动并吸引了那样一位读者，而不会使他感到非常奇怪，这可能是全球化的一种标志，全球化缩小了文化之间曾经非常显著的差异。也或许是，这部作品

---

❶ 也许有这样的情况，认为艺术经典是根据托马斯·库恩（Thomas Kuhn）在《科学革命的结构》一书中，针对科学提出的原则而改变的。对创造性艺术家来说，维持一种特定模式会越来越困难，因为那种模式的局限性会不断地被暴露出来，并越来越紧张地反应这个不断变化的世界所提出的要求，直到一个个体（比如卡拉瓦乔或者笛福）发现了一种重新描述那些素材的方式，从而容许他者的形成，于是一个新阶段也就开始了。但这不是我想强调的问题，因为艺术生产的历史似乎遵循着比库恩式的模式所容许的更多样的模式，但是库恩确实提供了有效地概念化文化史上大范围转变的一种模式。

在它的新语境中产生了一种截然不同的独创性，就像一部处在它自己的语言体系中的旧作品在当下却拥有了独创性一样，而在它被创作时却没有预见到那种独创性。然而，就像我们在前文讨论这种时间变换时所论述的那样，这里经常存在一种危险，即跨文化欣赏可能是建立在两种语境的表面相似性上，而依靠那种相似性，这部作品是不可能作为新语境中的独创性（在完全意义上）而被接受的。

正如欣赏同质文化中过去的作品一样，通过刻苦学习，使我能够欣赏来自一种完全异质文化（也就是说，文化上它与其前期的作品显著背离）中的一部当代（或者就此而言，一部古代）作品的原创性，这就有可能增强我阅读它时的乐趣。但只有在我发现了一种吸收他种文化基质的细微差异方法时（这可能需要在那种文化中生活好长一段时间），我才能够完全欣赏到作品在它原来语境中的独创性。因为我们有可能亲密地接触另一种文化，所以这种跨文化约定在某种程度上是可以实现的；而跨时间约定至少在一两代人之内是无法实现的。❶当然，在这种图式化描述中，存在许多的变体和混乱。例如，同时在不止一种文化中创作的艺术家，同时在不止一种文化中欣赏的读者、听众和观众，将一种文化语域引入另一种文化语域的艺术作品，以及多种多样的吸收和转换过程。从前欧洲殖民地被介绍进来的作品，近年来对西方的文化舞台产生了巨大影响（这一影响使"西方"与"非西方"的对立变得问题重重），就是一个这

---

❶　无论是跨时间还是跨空间，都很少发生这种生产语境和接受语境相匹配的情况，但这绝非令人感到遗憾的事情。我认为文化差异和文化重叠是结合在一起运作的，对艺术独创性的体验经常是可能的。

种跨越空间运动的多产性的事例。

在所有这些情况下，我们可能关注到在遥远的时间或空间（或者两者都是）里的作品来源问题，这种关注本身在我们对作品的反应中是不可忽视的一部分，更不用说我们需要作品创造时的任何特定知识。❶同样，我们需要关注穿越空间而不是穿越时间的任何显著的文化距离。但是，就像我们体验作品在它那个时代的原创性一样，对它的过去性或文化距离的感觉并不是使其成为文学的东西的一部分。我们能够以相似的方式对各种各样的手工艺品作出反应。例如，一件让人想起不同烹饪习俗的古代厨具，或者一双来自遥远国度的显眼的鞋。

显而易见，我们需要把艺术家在他自己的时空里所创造的艺术，与一定时间或一定空间抑或一定时空里的距离之间作出区分。假如我在一位与我有共同文化背景的艺术家上周创作的作品中发现了独创性，那么至少对我来说，这意味着那部作品已成功地挖掘了我们共享的文化素材中的潜力（包括那些文化素材与我们时代社会的、经济的和政治的现实之间的关系），从而把他性引入我们的世界中，也因此为进一步的独创性提供了新的可能性。相比之下，如果我在一种与我不同的文化中被创造出来的作品中发现了独创性，那么这种体验就会受到上述问题的影响。那是一种过去感或空间隔离感，一种跨历史或跨地理连续性的对立感（赋予作品一种跨越距离的能力，这样就能起到增强亲密性的作用），一种我能体验到它自己时空中的原创

---

❶　莱昂内尔·特里林（Lionel Trilling）在《过去的感觉》一文中说："在体验每一部过去的文学作品时，它的历史性和过去性都是非常重要的因素……它是作品赠予的一部分，因而我们不得不对它作出反应"。（过去的感觉［M］//自由的想象力：文学与社会随笔. 伦敦：水银出版社，1961：184-185.）

性意识。

然而，我们不应该在当代的艺术品和过去的艺术品、地理与文化上的"这里"和"那里"之间作出绝对的区分。对我来说，我经常可以对他国和遥远的过去（或将来）作出反应。即使一部刚刚出版的小说，它描写了我所生活的城市和我是其中一员的社会阶层，也会让我走进一个语言、类属、伦理、社会、政治以及其他不完全是我自己预设和编码的网络。在阅读这样一本书时，我正在穿越文化距离，也正在向可能的改变开启我自己的个体文化；而一件手工艺品，也可能会满足我的许多预设，但从来不是全部预设。

当然，人们可能会把一部过去的作品误以为是最近完成的作品（在阅读过去作品的现代译本时，这种情况极有可能发生），或者把来自他种文化的作品误认为是来自自己的文化（在这里，距离又一次由于翻译而经常被缩小）。在这种情况下，我们对作品的独创性（假如我们从中确实发现了独创性）作出反应，不会感觉到这种体验受到过去性或文化距离的影响。（我们甚至会错误地把原创性归因于它。）相反，正如艾略特在《传统与个人才能》（一部强烈暗示了艺术拥有穿越时间力量的著作）中所坚持的那样，我们对当代艺术作品的反应会受到对过去作品的意识的影响，特别是受那些与其风格相似或者主要特征相近的作品的影响更大。艾略特同时指出，对我们来说，过去那些作品的意义会发生改变，因为我们接触了那些作品的后继之作。但这是因为我们在对任何独创性作品作出反应时，无论多么微小，我们都正在改变对所有已经内化了的或日后将遇到的其他作品的理解。如果我在阅读了彼翁（Bion）对阿多尼斯（Adonis）的挽歌之后，再去重读保罗·马尔登（Paul Muldoon）

写给玛丽·帕沃兹（Mary Farl Powers）的那篇伟大的挽歌，我的体验就会改变，但是这种对彼翁挽歌的阅读，已经受到对马尔登了解的影响。❶

　　就我们能在某方面发现独创性的作品而言，它们原来的读者在时间或空间上与我们相距甚远，那些读者和我们都无法诉求一种文化语境的连续性。为了理解那种创新是怎样发生的，我们需要返回前文关于旧事物退隐的讨论中，因为旧事物退隐才能允许他性发生。对于一部来自不同时间或空间、独创性地把他性引入一种文化基质中的作品而言，仅仅从外部冲击看待那种文化基质是不够的，因为那种结合所带来的任何改变将是一种可预测的和机械的变化。将凯尔特人互相盘绕的动物图像复制品，作为现代的室内装饰图案，这并不是与原艺术品的独创性彼此联系。只有当外部压力与文化中潜在的断裂或张力之地一起相互作用时，独创性的他者才有可能显现出来。当日本向西方敞开国门时，日本的艺术对 19 世纪的欧洲文化产生了重要影响。例如，马奈（Manet）、德加（Degas）和惠斯勒（Whistler）就属于一批对日本版画的视觉他性作出了独创性反应的艺术家。这样的事情的发生，告诉了我们那个时期欧洲文化的一些状况，日本艺术在一个世纪以前对欧洲文化或许有完全不同的影响（或许根本没有影响）。与此相似，我们在 20 世纪对维米尔（Vermeer）和邓恩的重新发现可以被理解作为文化突变的结果，那种文化突变使他们的绘画和诗歌才有可能

---

❶　在博尔赫斯的《卡夫卡的先驱》（迷宫：故事选集及其他 ［M］. 唐纳德·A. 耶茨，詹姆斯·E. 艾比编. 纽约：新方向出版社，1964：199-201）一文中，有比艾略特的论述更加生动的阐述。

产生一定的影响，这就又像他性的闯入一样。正如我们无法预测艺术的未来一样，我们也无法事先知道哪些作家和作品会逐渐具有独创性。这两个问题一直处在"艺术是什么"的核心地位。

第四章

独创性语言与文学事件

一、语言创新

"创新"一词很容易让人联想起蒸汽机或电灯泡的形象，虽然它也广泛应用于音乐中（如巴赫的《二部创意曲》），但它很少用于指纯粹的语言客体，即使"独创"和"独创性"也是文学批评中的标准术语。然而，通过前几章的讨论能够很清楚地明白，我为什么要将"创新"运用到语言领域。文字的创新有多种运用形式，文学作品只是其中之一。当新的哲学观念、历史描述或科学实验报告出现时，我们无法根据原有的规则来解释或理解它们，而它们在被接受、被容纳的过程中，就会带来那些规则的持久变化。（我们已在前文指出，原创性和独创性在这些领域没有明显差异。）本章中，我首先想重点讨论的是语言创新，而未必是文学创新，之后讨论究竟是什么促成了文学创新。我不会将这一论题扩展到非语言创新和非语言艺术中，而是会借助在这一论题推理的过程中可能引出的一些暗示，将其推广到更加广泛的领域。

我们已经知道，如果把一件独创性艺术品的形成过程看作一次行动的话，那这是对它的一种歪曲；而它更多的是发生在创造者身上的事件，也是发生在创新所产生的文化中的事件，它还是一个个体有意识的专门活动。要成功地写出一部真正具有原创性的作品，并且能够超越原有规范，这需要给文化母体引入一个胚芽和异物，使它们无法根据原有的模式与实践去解释。要实现这一目标，不仅需要给手头的素材投入新的视角——在文学中，这些素材包括制约形式和运用的那些规则和规范，也包括制约声音、韵律和形象特征的那些规则和规范；而在哲学中，这些素材就是思想观念。❶更为重要的是，通过打破那些素材的平衡、突显它们内部的矛盾性和模糊性、夸大它们的倾向性、挖掘它们的分歧和张力等方式，允许他性隐含在这些素材之中（这些素材正是通过排除他性而保持自身的）并被显现出来。像所有的创新一样，语言创新也依赖于人们对其存在的接受，这种接受最主要的模式当然是阅读和倾听。（除了有时需要对阅读和倾听作出区分以外，我将用"阅读"来概括这两个方面。）

二、作为事件的语言

如果能够在许多不同的领域发现独创性和独特性，如果文本领域包含多种形式的创新，那么文学创新的独特性又是什么呢？对于这一问题，虽然我们无法奢望得出一个最终的、一劳永逸的答案（文学的一个定义性特点就是对重新解释永远保持着一种开放性），但是就像文学在当下所表明的那样，我们还是能够详细说明文学的一些最重要的特质。为了能够做到这一点，

---

❶　这至少是哲学主导的自我概念。特别是自 20 世纪中叶以来，经由语言的调解和带给哲学论题的影响，它不可避免地一直是许多哲学和似哲学（para-philosophical）的写作主题。

我们首先需要探讨语言作为指涉的运作过程，文学依靠这种运作过程使它不同于其他语言的创新模式。

我们已经知道"事件"的观念对创新来说至关重要，在"符号"的意义上，它也是一个重要因素，虽然对语言指涉的许多讨论忽视了这一维度。比如就字母 p 来说，它作为集体协议是一个抽象的存在，它是一种直观材料的形态，与一系列其他形态相关联。它在确认了人的头脑中是一种神经心理存在的同时，也确认了在许多纸张、电脑屏幕以及其他表面上的一种物理存在。在最广泛的意义上，它作为一个符号的功能只有在确认了其事件的意义才能够发生，这种确认通常与组合事件、理解事件联系在一起。❶也就是说，当我们确认面前的客体（如广告牌上的彩色图形）时，是将其看作一个我们已熟悉的"记号"而作出反应的"语言符号"。这种确认包括对目的性的认同：我们看到的东西不是一次随意的涂写或一块形状"像字母 p"的漂流木，而是一个形态，有人（也许在很久以前的一系列生产中）打算把它看成像 p 或者就是 p。❷这与见到一堆石头时所发

---

❶　索绪尔关于"语言"（langue）和"言语"（parole）的区分，是处理这种事实的一次著名尝试（《普通语言学教程》，pp. 9-15）。索绪尔使用的术语——不像乔姆斯基以"能力"和"表演"这些术语来对它们重新阐释——强调了符号的两种存在模式的不同地位，即符号作为客体（一个既是个体的也是社会的有点陌生的心理客体）和作为事件的存在模式。这种地位上的差异——并不像把苹果和橘子相比，而是像把苹果和摘苹果相比——已经导致对这种区分的许多误解和误用。参阅我在《语言模式与应用》（剑桥文学批评史·第 8 卷 从形式主义到后结构主义［M］. 拉曼·塞尔登，编. 剑桥：剑桥大学出版社，1995：58-84）一文中的论述。

❷　我这里详述的目的性意识，与康德努力描述的反映性（审美性）判断的运作是不同的。康德所反应的东西显然是自然的合法性，这使得主体性认知成为可能（因此是"无目的的合目的性"）；而我关心的是依靠这种基于属性的目的性，由此主体把那个经验客体作为人造物品来理解。参阅本书第七章的"作者性"一节。

生的反应过程完全一样，我会注意到一种卵锚饰模型。我并非要判断我看到的形态与一种特别的古典建筑装饰形式之间有多么相似，而只是认为在过去的某种情况下，有人带着我们现在叫作"卵锚饰模型"的生产意图雕刻了一块石头。（在此种情况下，感知者经常被误解，这一事实表明这里有争议的问题并不是历史真相，而是"确认"本身的事件性本质。）

就声音领域而言，除了词素［p］的物理存在已经依赖于事件以外，它也有与此相似的特征。即使它是一个被录制下来的词素，其以字沟或磁化质点为形式的物理相关性依然保持着一种无声状态，直到翻译事件将它转化为可听见的声音。当这一声音被数字化，且物理媒介变成一种电磁波或一股光子流时，也与上述情况是一样的。然而，声音事件不会变成符号事件，除非发生了一种确认（现在应该清楚，这种确认意味着对一种隐含目的性的辨认；或者更严格地说，它是对一种隐含目的性的归因）。对于词语和句子来说，情况也是一样。

如果我们从一个单句转向文本，即转向一系列句子，它们作为一个集合被生产或者被感知且具有某种连贯性因而有始有终（比如，一篇新闻、一则轶事、一部传记、一本手册和一首诗歌等），那么情况会怎样呢?❶ 这时，读者或听众会依靠对较小单元的确认和理解来对较大单元的意义作出判断，这也是依赖于对目的性的假设基础，并与这一存有疑问的文类的原有规

---

❶ 我把此论述只限定在语言文本，但如果加以必要的变通，也适用于更多文本。比如非语言文本，以及以时间媒介形式存在的电影、舞蹈、各种音乐的部分语言文本。与小说相比，电影或芭蕾舞更明显是一种事件，部分原因是那种记名的"文本"（text）明显不如表演那样被更充分地认识。如果将论述延伸到摄影和绘画等非时间文本，那些术语需要一些改造，但我相信这在本质上仍然有效。

范有关。我们仍能够将这一过程看作一个事件，虽然很明显它是一个非常复杂的事件，事件本身由不同等级排列的事件（通常包括较短的文本）组成，这些事件的边界经常是脆弱的和可渗的。这里的事件——无论是写作、言说、阅读，还是倾听——可能不是连续性的，也可能带有重复和修正，因此可能缺乏我们通常由这个术语联想起的纯粹，但这并不否认事件性是理解语言文本的核心。

当我们将范围由最小的语言单位扩展得越来越大时，偏离原有规则的可能性就会增加，而由那种偏离所引发的对阐释思想的冒犯就会减少。一个人很少会遇到虚构的字母或音素，它们是很难形成意义的（《芬尼根的苏醒》中无法发音的词"sigla"是一个恰当的例子），会偶然发生新词的创造，虽然这很容易丢失丰富的意义外延（《芬尼根的苏醒》中也有大量这样的例子）。句子生产中的创造性是很普遍的，它也不会对阐释者构成多大的挑战。完整的文本为革新提供了无限的机会，从而要求明显偏离一般惯例而产生强烈的影响。

语言的革新效果也许仅仅是一种空白、阐释手法的阻滞以及让读者或听众止步不前的困惑体验。它或许是对原有规则的一种简单重组，而要求极有限的新的可能性。换句话说，它只是对规则暂时性地重新构想，那种构想方式并不包含直接的外延或推演，也没有生产出一种阐释，而是像在过程中体验意义（"意义"也应该被理解为具有动词而非名词含义）。简言之，作为事件而体验的意义。当然，这种创造的可能性是无限的，因为包含在语言运用中的每一条规则、规范、习惯和期望，都有可能被扩展、曲解、引用、抵制或夸大，并且彼此之间大量形成多种组合。作为对某种理解模式的显著挑战，抑或作为对

缠绕在熟悉事物中的陌生性的最微弱体验，它能够清楚地显明
自身，它也能够在创作于几个世纪之前的作品中轻易地被感受
到，正如能在一部最近出版的作品中感受到一样，也像在重读
一部广受欢迎的过去的作品时轻易感受到第一次阅读时的体验
一样。当语言遭受这种革新的时候，我们就倾向于把它称为文
学创新。

三、文学事件

　　并非每一次需要对原有规范进行重塑的语言革新就是文学
创新。实际上，大多数那样的语言革新并不是文学创新。人们
可以编程一个计算机语言来生产出大量偏离英语规则的语言产
品，但以此种方式生产的产品，没有一个被视为文学作品。只
有当这种重塑事件被读者（这个读者首先是作者意义上的阅读，
或者能够清晰地解释词语出现时的意义）作为一个事件而体验、
并且这个事件开启了意义和情感的新可能性（此时，事件具有
动词意义）的时候，或者更确切地说，这种开启具有事件性的
时候，我们才能够解释文学。由于一些偏好和惯例，大多数发
生的理解事件都会受到挑战和重塑，这不仅是作为自然的外延
而受到的挑战和重塑，而且是基于对他性的邀请，因此也指向
那些心理加工模式、思想和情感模式以及概念的可能性模式。
而这些模式曾经是不可能发生的，那是因为（认知的、情感的、
伦理的）现状依赖于它们所排斥的东西。这种开启过程和走向

未知领域的运动，在读者忠实而专心的阅读过程中，是作为恰巧在他们身上发生的某事而体验的。

文学作品就"是"：一次阅读行动和一次阅读事件，它从来不会与写作的一次"行动–事件"（act–event）（或者多次"行动–事件"）完全分离，写作使行动–事件作为一个潜在的可读文本而形成，它从来不会与历史的偶然性完全无关，因为它诞生于那种历史并被阅读。作品是一个事件而不是一个客体，这也许是不言而喻的道理，但这一道理的含义经常遭到抵制。尽管把文学作为叙述话语的批评观念有很长的历史（本雅明总结了整个传统，他认为文学作品的重要品质"不是陈述也不是信息传递"❶），但令人惊讶的是，在我们的阅读实践中很少承认这一点。我们还在讨论"结构"和"意义"，寻问作品是"关于"什么的，这种方式暗示着一个静止的客体穿越了时间，可永远用于我们的审查。

很显然，我这里使用的"文学性"和"文学"的意义，与这两个术语被广泛接受的一些意义并不相同。我用这两个术语来指明大量文本为某种有效性而蕴含的潜力，这种潜力在不同时空里被不同地认识（或根本不被认识）。（由于任何一个给定文本的文学性，如果在过去没有显现出来，那会在将来显现出来，所以这是一个并没有限定范围的物体。）当然，文学对读者

---

❶　引自《启迪》（70）中的"译者的责任"一文。人们可能认为，亚里士多德通过在《诗学》中强调模仿性艺术给试图从中了解世界的人带来了乐趣，从而已经使文学讨论走在了歧路上。然而，在亚里士多德的论述中还有这种观念，他特别对悲剧甚至在阅读中对悲剧的确认，是将其看作含有逆转并唤起怜悯和恐惧的事件。参阅：安德鲁·福特. 批评的起源：古希腊的文学文化和诗论［M］. 普林斯顿：普林斯顿大学出版社，2002：266-270.

而言，经常被认为是有一定影响的事情（也许由此来部分地定义文学）——教化读者、开阔读者的视野、让读者注意语言细节、增强读者的同情心、削弱读者隐蔽的意识形态预设等。但这种有效性并不是我正谈论的有效性。毫无疑问，文学作品会有那些效果或其他大量效果，但当这些效果发生时，并不是作为文学的直接结果而产生，虽然这些效果可能是作者意图的一部分结果（因为文学作品的作者通常有若干并存的目的）。

特定语言作品（依据传统这些作品无论是否被归于"文学"）的文学效果是无法预测的，也是不会起源于作品构思的，虽然艺术独创性在文化的伦理层面具有重要的作用（因为不能持续地找到对它赖以存在但排斥的他者而开放自身的文化，很难说它是伦理的），但无法保证由特定文学或其他艺术品所带来的他性一定是有益的。❶在最坏的情况下，他者的进入会毁掉一种文化，这是迎接他者时所伴随的一种冒险。（当然，长期存在的规则和习惯，经常会持续地在限制潜在危害和保存传统价值方面发挥作用，即使它们随着他者的浸入而受到了贬低或失去了一定作用。）

另一个我们熟知的观点是，认为文学的一切稳定性都是意识形态的，我们应该以一种价值中立的方式，将"文学"这个术语应用到任何一种具有丰富想象力或虚构特征的文本生产之中。这一观念本质上并没有错，它是一种在我们当下对"文学"一词多种不连贯的运用中可能所容许的。在"文学"这一术语

---

❶　库切在《彼得堡的大师》中，他把这种不确定性和冒险性充分戏剧化了。参阅《库切与阅读伦理：事件中的文学》（芝加哥大学出版社、纳塔尔大学出版社，2004）一书第五章。

非常普遍的用法中，我存有异议的地方在于，这里接受这个术语会使找到一个所感兴趣的、涉及较小范畴的词或短语变得更加困难，而那个词或短语需要对当下用法所容许的另一种可能性作出反应（至少粗略地这样认为）。像"纯粹的文学"或"真正的文学"这样的短语只会恶化这一问题。如果想保留这一术语最广泛的意义，也许最好的方法就是在"普通文学"（literature in general）和"独创文学"（inventive literature）之间作区分。如果读者愿意给"文学"这个词追加一些其他修饰语，那都是受欢迎的。

很显然，我在有点专业化意义上所使用的"文学性"这一术语，并没有将它限定在公认的文学惯例中（当然，文学经常会改变它的边界），也不是在特定历史节点上被划归到"文学"范围内的一切作品，都体现或继续体现文学范围内的事。"文学性"这一术语曾经具有的多种意义（从14世纪的"书本知识"到18世纪的"以任何取得礼貌准则的文类写作"，再从18世纪到19世纪），❶当下已不再通行；而它具有的当代意义（如"转基因文学"和"竞选文学"等）与我们的论题毫无关系。"文学"这一标签已被贴到粗制滥造的写作之上，或者贴在我已提及的那些缺乏有效性、受政治利益驱使的写作之上，而没有贴在恩格斯的《英国工人阶级的状况》、弗洛伊德的《梦的解析》等作品上，据说这些作品具有文学品质。

然而，过去两个世纪里出现的被广泛认同的文学作品，依然是文学主要的储存库。当我们把一部哲学作品或历史作品称作

---

❶ 关于这个术语的简要论述，参阅雷蒙·威廉斯的《关键词：文化和社会的词汇（修订版）》（牛津大学出版社，1983）一书的"文学"词条。

"文学"时，它从属于历史上认可的、作为文学而予以关注的一系列作品。只要我们能够恰当地谨慎而为，我想不出任何理由去禁止这一文学范围的回顾性应用，即应用到约 18 世纪末"文学"出现之前的历史时期。在讨论西德利或者斯威夫特的小说散文时，坚持使用"诗歌"这一术语（这是一个最贴近的对应词）只会显得过于迂腐。我们也不应该把"文学"指派为仅仅适用于"高雅"或"精英"文化产品所解释的东西。独创性的文学作品，像独创性的电影或歌曲一样，事实上也会非常流行。因为独创性是阅读体验的一种属性，严格意义上无法判断出特定作品比其他作品是否"更有独创性"。但是，只有"更有独创性"被理解为"在特定历史时刻（并且可能'为特定群体'）更有可能作为独创性而被体验"的缩略语时，它才是有意义的。

尽管文学的独创性是仅由一个个体体验的事，但一般说来它还是一种文化，特定文化决定了一部作品是不是文学作品。一部作品从一种文化或惯例视域到被称作"文学"作品以前，大量的读者首先必须承认作品的独创性。对于这一问题经常存有分歧，一部既定作品可能会被一部分读者当作文学作品而接受，而另一部分读者可能不会这样做。虽然在特定时代的特定文化中，有许多作品是作为文学作品而被广泛接受，但对文学史略有所知的人们，都明白这并不是一个稳定的文类范围。事实上，使文学作品具有独创性品质的方法之一，就是通过在文学不稳定的边界上的运作，重新创造文类范围本身。笛福的成就可以被认为是实现了文类范围的创新，而马拉美（Mallarmé）以一种完全不同的模式也实现了这一点。我们事先不能给文类范围的再创新强加任何限定，因为无法保证那样的文学将来会有一席之地。

第五章

独特性

一、独特性事件

我们已多次注意到，独特性（singularity）观念与创新、他性观念是不可分割的。他者是在创新事件中形成的对文化元素未有先例的、迄今不可想象的配置，它经常是独特的。尽管那种独特性仅在规范和习惯的调整过程中才能被体验、被认识和被确认，也至少是部分地、暂时地被容纳。但是，在这种描述中，独特性是什么呢？在文学评论和哲学讨论中，人们以多种方式一直在使用这个词，但在此尽可能地弄清它的意义非常重要。❶文化客体的独特性包含在它与其他客体的差异之中，它不仅是作为对一般规则的特定表现而存在，而且是作为一个文化内的特殊联结而存在，这个联结又是作为抵制或超越原有一切一般限定而被感知。也就是说，独特性并不产生于不可还原的物质性核心，或者我们使用的文化框架不能渗入的纯粹偶然性之脉，而是产生于一般特性的排列，在构成一个实体（因为它总是在一个特定时空中存在）时，那些特性会超越由一种文化规范所预先编制的可能性，而那些规范是生存于其中的人们所熟悉的，并通过那些规范使大多数文化产品被人们所理解。独特性并不是纯粹的，就其组成性而言，它不纯粹且总是接纳杂

---

❶ 比如，这个术语有时被用来指完全与外界没有任何关系的个体［其意义近来在彼得·霍尔沃德的《绝对后殖民：单数与特殊之间的写作》（曼彻斯特大学出版社，2001）中得到了发展］，但我不是在这种意义上使用它的。

质、嫁接、偶然性、重新解释和重新语境化。独特性并非不可模仿。正好相反，它可显著模仿，而且会引来一系列模仿。

因此，严格说来，独特性就像他性和独创性一样，不是一种特性而是一个事件。独特化的事件发生在接受中，它不会在因遭遇而建构了它的人们的反应之外发生，它也不是在预先给定的情况下产生的。它的出现是被腐蚀的开始，因为它为了得到容纳而会导致必要的文化变化。独特性与自主性、特殊性、同一性、偶然性或特异性不同，也不等同于"唯一性"（unique-ness）。我使用"唯一性"这个词，是指一种不带有独创性的实体，它与其他实体在这一点上显著不同。也就是说，那种实体没有把他性引入同一范围之中。一部唯一但不独特的作品，是一部在文化规范内或许能够被完全解读的作品。事实上，正是这种解读过程——揭示熟悉规则的特殊排列——表明了它的唯一性。

在西方艺术中，独特性一直受到人们的重视和赞赏。尽管在特定时期，独特性的观念得不到人们的支持。❶ 有许多词语构成了独特性的对立面（如陈腐、模仿、平庸、粗劣、老套、刻板），它们一直被看作缺乏力量的标记，也是让人们感到乏味和气馁的原因。然而，珍视独特性并不是珍视本雅明所说的特有而唯一的实体艺术的"光韵"。独特性能够固存于被复制了无数次的照片中，这与圣玛丽亚感恩教堂里达·芬奇的《最后的晚餐》彩绘中的独特性一样多。独特性也固存于一组作品或者一位作家的全部作品中，我们已经讨论了当一位作者特有的独创

---

❶ 在16世纪晚期，这个词本身就有自我标榜地拒绝去遵守规范的意义，但据《牛津英语大辞典》的解释，这种意义在18世纪后就很少用了。

性变得熟悉时，有一种直接说出可被立即辨认的声音的体验。在这方面（我们以后讨论别的方面），独特性的功能就像签名一样。实际上，能够更准确地把独特性描述为一个嵌套（nested），一个特定时期或艺术运动之内的一位作家全部作品（有时是全部作品的一部分，如"后期作品"）中的某部作品（有时是某部作品的一部分，如某一角色的言语）的嵌套。独特性体验是这些嵌套独特性的体验。艺术品独创的独特性不仅存在于历史性的过去，让我们只能够回顾性地去欣赏，而就像我已论述的那样，它以某种难以解释的方式连接着过去与现在。

二、文学作品的独特性：一个例证

本书的题名不仅指在这个名字下，我们所理解的文本本身和文化实践的特殊性与惊异性，它还意味着我们在理解个体的文学作品时，所能感受到的一种重要的独特性。文学的独特性可以说来源于（尽管不只如此）作品中语言的特殊性——特定排列中的特定词语（特定排列包括版面上的空间排列、断句或者口语表达中其他接合手法的运用）。这种语言序列只在阅读中作为文学作品而存在。请允许我再重复一遍，必须将独特性作为一个事件来理解，就像理解他性和创新一样。

下面是一首我们熟悉的威廉·布莱克的诗：

The Sick Rose　　病玫瑰

O rose, thou art sick.	噢 玫瑰，你病了
The invisible worm,	那无形的飞虫
That flies in the night	乘着黑夜飞来了
In the howling storm,	在风暴呼号中
Has found out thy bed	找到了你的床
Of crimson joy:	钻进深红的欢欣
And his dark secret love	他黑暗而隐秘的爱
Does thy life destroy.	摧毁了你的生命❶

　　这 34 个词的排列是独特的，任何仅供一人的文化艺术品的确认方式都是独特的。它建构了一个独一无二的语言文本，也只能说以这种次序和方式排列的文字，将一直建构着这首诗。坦率地讲，在 20 世纪写下这些词语就像过去的皮耶·梅纳德一样，仍然是在写作同样的一首诗。要在不同世纪写下同样的文字，任何关于差异的形而上或解构推测，完全依赖于初次确认时的确定性。❷

　　解释这种情况的另外一种方法是，从诗歌的多种呈现方式中可观察到的差异——无论诗歌以何种字体、书写风格、演讲风格、音乐背景、装饰模式或改编类型被印刷、书写、口述、

---

❶ 威廉·布莱克：《天真与经验之歌》（1794），39，译者根据人民文学出版社 1957 年版《布莱克诗选》宋雪亭译作改译。

❷ 博尔赫斯. 皮埃尔·梅纳德：堂吉诃德的作者［M］//迷宫：故事选集及其他. 唐纳德·A. 耶茨，詹姆斯·E. 艾比，编. 纽约：新方向出版社，1964.

吟唱、装饰或录制，都被看作忽略了确认诗歌的目的（像布莱克的《病玫瑰》）。也就是说，所有不同的表现方式都是单个符号的多种类型（即使特定的一种表现方式也会深刻影响我们对诗歌的反应）。当然，有一个更为模糊的宽泛领域，在那里关于我们之前是否有"同一"的诗歌还存有争议：作者的变体、翻译、重写、误编、片段等。（本章的下一节中我将讨论"翻译与模仿"。）这些不确定性表明诗歌的确认并不是模糊的、隐藏于自身的，而是向外部开放、也向历史开放的，只在某种文化警觉甚至文化暴力中才能够得到维持。然而，这些复杂性经常运作在所有的确认事例和指涉类型中。

作为一首诗而不仅是一个语言排列的诗歌，其唯一性更广泛的意义，是产生在对多种可能性的独特欣赏中的（这种可能性由文学传统和更广泛的文化语境所提供）。就《病玫瑰》来说，那些文学传统和文化语境是带有性幻想的童谣般韵律、顿呼和句法的运用等元素的独特结合，以此取得一种在最有力的字眼上爆发的持续冲击力。在这个意义上，对诗歌唯一性的欣赏，不仅依赖于英语语言和文体的必要知识，也依赖于对植入该诗创作时传统的熟悉，或许还要熟稔诗歌创作时的特定历史和传记语境。对《病玫瑰》中的原创性格式的认识（此格式是布莱克《经验之歌》中富有启发性的一页），加深了我们对它的独特性的欣赏，也使我们熟稔了诸如民谣、圣歌或童谣这种流行的四拍诗节传统。对《经验之歌》中其他诗歌以及早期《天真之歌》（该诗集中有与之相对的《花儿》这首诗）的熟稔，进一步强化了读者对该诗独特性的体验。对布莱克、其同辈和前辈创作的其他诗歌和散文的熟稔，也会强化这种体验。

然而，文学客体的唯一性不会穿越历史。以一种丰富性和密度建构《病玫瑰》这首诗的各种特征，在 21 世纪初与 19 世纪初是不同的。也就是说，虽然是同一首诗歌，但其唯一性的基础是持续变化的。事实上，只有通过这一持续永恒的变化过程，该诗才能保持同一。在这里我们又一次看到，这是所有符号确认的一个特征。

我所说的诗歌的独特性，尽管依赖于对诗歌的唯一性和我所列举的那些诗歌特性的欣赏，但并不等同于唯一性和特性。一部文学作品是独特的，并非仅仅是因为它运用了独一无二的文字排列或某种诗体的音节模式，这会使独特性变得非常廉价，也易于在同一领域中分析和产生。思考独特性的一种方式，就是将其看作这样一种需求：词语、典故和文化指涉的特定搭配，使我在此时此刻的阅读事件中，成为熟悉这些文化编码的成员之一。独特性存在于、更确切地说发生于读者（包括作为读者的作者）的体验之中，这个读者不能被理解为一个心理主体（虽然独特性有它的心理效果），而应该被理解为我已命名的个体文化的宝库，那是文化合奏的个体版本，通过这种文化合奏，他作为一个带着预设、倾向和期望的主体得到了塑造。

读者从这一首诗中获得的体验，不仅不同于他从另一首诗中遇到的体验，而且那种差异与独特性是不能以这样一种阐释——作为一种文化客体而建构了它的唯一性与丰富性的大量异同点说明——所解释与穷尽的。独特性体验涉及对他性的理解，那种他性体现在理解事件中。也就是说，那种他性体现在产生了它的思维与情感的开放之中。正如我所强调的，独特性与独创性不可分割。我所描述的体验涉及对创新的欣赏与体认，那种创新不仅使作品与众不同，而且是对文化元素的独创性再想象。

因此，文学作品的独特性并不存在于作品的本质之中，也不存在于不可变更和不可言喻的核心之中。事实上，一种不变的、本质的唯一性将是无法解读和无法感知的，因为它不会向我们阅读和感知的任何模式与过程开放，这也不是稳定边界或有机整体的问题。被感知的整体（例如，布莱克在《病玫瑰》中，一个句子被分成七行，一个四四句韵律结构被分成八个二拍行，并由 aabb 韵式构成四个四拍单元，❶ 从主题"飞虫"转到以一种交叉接续的方式用两个动词结束第二诗节，其中最后一个词形成强有力的结尾），可能建构了读者对文学作品反应和欣赏的重要一部分，但它本身并不会产生独特性。独特性来源于作品被作为一系列积极关系的建构之中，并在阅读中得以体现，而不会拘泥于一个固定的形态之中。这些积极关系对不同观众会发出不同声音，由此，阅读中的"我"可能会暂时失去自己的连贯性。

　　由于《病玫瑰》的独特性固存于对这首诗的阅读之中，而且以不同方式阅读会产生不同的独特性。因此，它以完整性、象征主义或韵律运用的方式是不能被解释清楚的。通过我在写本章时阅读它而发生的事情的一点描述，我不能够完全见证到它的独特性（此时此地我体验到的独特性），因为任何此类描述一定是对读者的冒险，就像一部文学作品对读者的冒险一样。我的描述不是作品独特性如此这般的操作，而是在我的体验中

---

　　❶　依据"韵脚"的传统韵律分析，这会给人留下错误的印象，认为诗歌在节奏上非常复杂，要么是带有许多"抑扬格替换"的"抑抑扬格二音步"，要么是带有许多"抑抑扬格替换"的"抑扬格二音步"。（事实上，根据这种分析，这首诗有8个"抑抑扬格"和8个"抑扬格"，因此无法说"基本的"节拍是什么。）根据音拍和弱拍来分析这首诗，它的韵律驱力就会简单一些。参阅德里克·阿特奇的《英语诗歌的韵律》（朗文出版社，1982）第四章和《诗歌韵律导论》（剑桥大学出版社，1995）第三、第四章。

对那种操作的反应。如果我能成功地把它的独特性表述出来，这是因为与阅读该诗时同时发生的描述反过来为读者促发了一种独特性的事件。这就是成功的批评所做的工作。

对此时此刻的我而言，当这个单一的句法单元展开向我靠近的时候，该诗的独特性部分来源于结尾与开头运动的复合体验。这个句子通过文化（尽管我只能猜测一些）和无意识资源，在一次无法控制的旅行中，给了我一系列超越（而它从来不会滞后）日常花园场景的字词短语。词与词通过各式各样的语域相互形成共鸣。试举几例加以说明，"病了"（疾病、相思病、心病），"无形的"（幽灵的、微小的、非物质的、受压抑的、形而上的），"夜"（字面上和精神上的黑暗、邪恶、无底的深渊），"呼号"（风声、哀声、恐惧声、动物发怒和绝望的叫声）以及"深红的"（玫瑰红、强烈的、血一样的、性爱的）。这些意义敞开的结果，即便像"飞虫"这样的词语也获得了暗示性的密度，它极大地超越了其表面意义（"蛆、幼虫或毛虫，尤指腐生于肉、水果、树叶、谷物、纺织物等物体上的飞虫"——引自《牛津英语大辞典》），而暗示了它的古义（毒蛇、蛇、龙）和比喻意义（"地狱中的痛苦""悔恨的痛苦"、作为"虫肉"的躯体），以及它的神话意义（伊甸园、民谣传统中不情愿的虫子）与暗示性的生殖崇拜。在 18 世纪晚期，进一步丰富这些日益增多的含义成了一种意识，而这其中的许多含义一直延续到当下的日常用法之中，该诗的口头传统起源也一直是文化体验中一个熟悉的元素。这些潜在的意义都是该诗独特性的一部分，而且出现在关于它的唯一性的任何描述中。它的独特性在于对这些展开的意义激活，在于对与日俱增的符号深度和密度的体验之中，而这种体验不同于我读过的任何一部其他文学作品所引发的体验。

　　该诗对顿呼的运用也是它独特性表现的一部分。它把读者置于既是讲话者也是听话者的地位，借说话人的眼睛看到一支玫瑰，并分享了他关于那支玫瑰的不可决定但强有力的情感（恐惧？沾沾自喜？怜悯？狂喜？）。同时，把自己和那支玫瑰一起放置在被起诉、被暴露和被摧毁的地位。童谣式的韵律、强烈的节奏和简单的韵脚模式，也在这种双重运动中起到很大作用，这种双重运动带领读者穿梭于诗中，既通过坚持朴素性从进一步的象征主义范围中撤回，也通过揭示明显具有儿童语言和情感简单表面之下的深度，增强该诗的象征驱力。通过挑战文化规范而从该诗中产生的他性（例如，对建构了童谣韵律、玫瑰或爱的观念的联系之网的浸入），既是从外部的浸入也是从内部的浸入。而我自己的思考模式和情感气质编织的隐秘意识，也是塑造我的文化的意识。

　　这种强有力地链接了词语运动的简单性有助于这种体验。引人注意的第一句"噢 玫瑰，你病了！"（一行两拍）之后是一个意味深长的停顿，后面紧跟着由剩余七行组成的一个扩展。❶苦心经营的首句，由三行充满期待的词语构成，随后是一个诗节间隙，这进一步强化了一种张力，最后是一个四行诗节。这三行的期待形成一个情感渐强的效果——"那无形的飞虫／乘着黑夜飞来了／在风暴呼号中"；而第二诗节的出现，改变了第一诗节中的一比三平衡，带领读者走进了两个相等长度的高潮叙述中："找到了你的床／钻进红色的欢欣／／他黑暗而隐秘的

---

　　❶　这里描述词语运动的术语，来源于我的《诗歌韵律导论》（剑桥大学出版社，1995）一书的第八章。

爱／摧毁了你的生命"。最后两行，从词汇上看不过是对前面描述的扩展，而在语义上，迅速把仅包含在童谣式叙述中的情况扩大到最成人化、最可怕的情景之中。

关于该诗的独特性，还有许多未说出的东西，但我想在此强调的是那种独特的事件性（尽管我的总结不可避免地更像是一种评论，而不像是对诗歌事件的独创性反应）。因为独特性总是作为事件而发生，因此它不是固定的。如果我在明天再读这首诗，那我将会以不同方式来体验该诗的独特性。对布莱克创作该诗时状况的更多了解，对他依赖的文学和流行传统的更多理解，以及对他那个时代通行词语含义的更多把握，都可能会进入我下一次阅读该诗时所创造和体认的独特性之中。在后面的章节中，我们将通过详尽地解释阅读和表演问题，以及使诗歌成为文学作品而不只是一种叙述性或描述性价值的自我疏离问题，来对在此关于文学独特性相当简略的描述作进一步说明。

但在继续讨论之前，我们应该关注到对于许多 19 世纪的读者而言，布莱克的诗歌可能更多地体现了其唯一性而非独特性。也就是说，是一种不同于那些读者曾经阅读过的任何作品的奇特性，而不是完整意义上的独创性。就这种区分再举另外一个例子。在 T. S. 艾略特对弥尔顿的诗歌语言挑毛病时，他可能是在对弥尔顿诗歌语言的唯一性而非独特性作出了反应。他指出弥尔顿的诗歌与其他诗歌的显著差异，但是他没能就弥尔顿诗歌的他性和独创性作出反应，❶他也没有将其作为原创作品（仍旧在康德的"典范的原创性"意义上）而体验。艾略特看

---

❶ T. S. 艾略特 . 弥尔顿 I ［M］//散文选集 . 约翰·海沃德，编 . 哈蒙兹沃思：企鹅出版社，1953：116—124.

到弥尔顿的诗歌重塑了 17 世纪语言的可能性，因此衍生出许多模仿作品，但是没能看到那些诗歌怎样复兴了诗歌语言，而且帮助激发了华兹华斯和济慈的新颖的独创性。我们发现仅仅表现诡诞或故意怪异的作品，会被认为是唯一的，但除非我们能够把它作为独创性从而有助于我们自己的思考和情感去接受它的唯一性，它将不会传达出通常伴随在欣赏独创性时所发生的那种愉悦和兴奋。简言之，它不会发生在一个事件中，而一直保持为一个绝对的客体。因此，它不会像一个他者那样影响我们，并要求重组我们的习惯和期待，而仅仅是一个不同于其他文本的文本。

三、诗歌的独特性

诗歌是一种可定义的独特文学类型吗？对于这一问题，人们已讨论了很多。很明显，如果这个问题暗含着本质的标记或者清晰的界限，那么答案是否定的。正如文学与非文学之间的分界是变化和模糊一样，所谓"诗歌"与"非诗歌"之间的分界也同样如此。几个不同的变量反映出这种区分，孤立的一个变量经常有一点人为运作之嫌。即使我们能够通过集中讨论一个变量而使问题变得相对简单一些，倒不如去思考在何种程度上，一部文学作品可以称作诗歌或者得到我们通常与诗歌有关的那种反应，而不是去设想我们能够把诗歌与非诗歌绝对地区分开来。

接受了这些告诫，我们就能够从诗歌或诗性中分离出一个重要因素，被读者所表演的语言独特性包括一种真实时间的展开感。也就是说，读者所表演的不仅是特殊词语的线性序列，而且是它们在一种暂时性体验中的发生过程。为了在真实时间中表演一首诗，我需要大声地把它朗读出来，或者带有一种容纳词语和句子之间时间关系的默读节点。通过重音安排或者感官意识，如果一行诗似乎在邀请我们以特别慢或特别快的速度来阅读，那么这就成为其意义的一部分。当我停止阅读时，这种时间流逝就会进入我的诗性体验。而在阅读小说时，无论我读得快一点还是慢一点，无论我在段落之间停顿的时间长一点还是短一点，我对作品的感觉都不受什么重要影响。只要那些句子能够被解读，只要一次停顿表明是短暂休息，其阅读目的就可以达到。而如果这些阅读方式确实达到了产生差异的程度，那么我就是在把小说当作诗歌来阅读。

我并不是在暗示诗歌依赖于阅读中流逝的实际和可测量的时间，或者说在诗歌批评中，记秒表是一个很有用的工具。真实时间的展开感，确实部分地由实际的时间关系所产生，但更重要的是，它是由在发音器官上需要有特定活动的语言特征来实现。例如，重音节、非重音节的排列与句法短语的结合，通过要求一个特定的物理节点和利用一个熟悉的惯常诗歌模式，能够产生韵律节奏的时间体验和肉体体验。（布莱克《病玫瑰》中的四四拍节奏，就是一个简单有力的例证。）人们感知到这种韵律模式是将时间模型分为均匀单元，进而表现出张力与松弛、强拍与弱拍之间的交替，甚至阅读中音节的实际时间延缓也发生了很大变化。时间是由诗歌语言（更重要的是语言的节奏处理）所控制和组织的，把一首诗当作诗歌来阅读就是去体验这种控制活动，而不是去测量出它的时间单元。

　　我的论述不应该被认为是诗歌只依赖于感官经验。相信这一点就好比认同詹姆斯的句法和海明威的句法之间的差异仅存在于它们所表达出来的对比性意义一样。很明显，对诗人而言，复杂性、悬念和解开、前后的转借、意义的堆积等效果都是十分重要的资源。我想强调的一点是，这种效果并不依赖于真实时间的展开体验，而是依赖于诗歌的线性和序列性，以及词与词、句法单元与语义单元之间的关系。诗歌以特定次序表现特定词语，而发生在可控制的时间体验中的并不是那些词语。

　　需要补充的一点是，已被界定为标准诗歌的作品并不一定可当作诗歌来阅读，而很多时候我们在阅读它们时，感觉似乎是在阅读散文。有一些长诗（如骚塞的《麦道克》或哈代的《列后》）我们最好是当作散文来阅读，或者偶尔当作诗歌来阅读。相反，有一些散文作品可以从"诗歌"的意义来阅读；例如，狄更斯的许多作品，以一种能够在大声朗读中最充分地享受的方式，挖掘出了英语语言的声音和节奏特性。人们也很难对散文诗进行归类。

　　许多诗歌利用间隔给读者提供了分类的标识，它们发出特定延续的一次停顿，以更大的间隔暗指更长的停顿。另外，视觉上的排列以相似的方式也会影响阅读。然而，有些诗人用空间排列来创造阅读效果，在某种程度上，那种效果是抵制诗歌在一定时间所发生的期待。具象诗（concrete poetry）经常是不能以一个时间序列来阅读，相反，眼睛在诗行间隔上的移动成为诗歌的积极原则。空间诗（spatial poetry）要比时间诗（temporal poetry）更少见，但是空间诗保持着对语言物理形态的合法探索。因此，在诗歌中就像在文学和艺术中一样，我们试图划出的边界变成了一种对未来独创性实践的潜在挑战。

四、翻译与模仿

如果文学作品的独特性起源于特定排列中的一系列特定词语，那么将作品翻译成另一种语言似乎会产生一部完全崭新的文学作品，因为原来的词语在译本中不会存在。在某种意义上，这是完全正确的也是十分重要的，因为它加强了文学独创性和独特性的特殊性。其他独创性文本（科学的、哲学的、神学的，等等）都会在翻译中保存它们独特的独创性（至少从这种独创性不是文学性的意义上看来）。然而，文学的独特性还有另外一个意义，即它并非与可译性完全对立，而是可以与之共存。

任何艺术品的独特之处，在于它对文化资源的重新配置，并被理解为一系列关系而不是凝固的客体。因为这种重新配置引入了新的视角和关系，它们可被理解为是新模式和新规范的补充，所以经常有可能被模仿、被翻译、被戏仿和被伪造。因此，一部独特的作品不仅可以被翻译，而且被认为是建构了永无止境的一系列译本，因为每次被翻译的新语境都会产生进一步的转换。词语意义会不可恢复地发生变化，历史的后知之明会转移重点，普遍的期待会随时间而变化，作品以多种方式不断地使读者对它感到陌生。而无论发生什么样的嬗变，我们仍旧会毫不迟疑地把我们在阅读中体验到的新奇，看作作者写出的或最早的读者所遇到的"同一"的新奇。

一首已被译成另一种语言的诗歌，经历了一次更加极端的版本改变，这是一次必然的过程，但不是一次完全不同的过程。我们阅读弥尔顿对贺拉斯的"第五赞歌"（"第一圣书"）的译文，把它看作原创性的版本，这意味着我们在对特定英语词语的特定排列（因此作为一首独特的英文诗）作出反应时，我们通过阅读译作（就像阅读贺拉斯的原作那样）复杂化了那种反应。特别是当我们知道了拉丁文版本时，情况更是如此。这也帮助我们理解"特定排列中的特定词语"程式，不应该被看作暗含着一个永不改变的物质客体。再重复一遍，词语与它们的排列是一种关系或关联，这些特定性即使物质实体本身经历了转换，也会得到尊重。词语与词语排列的物质性，在诗歌中要比在小说中更加重要，但它依旧对变异是开放的。例如，我们大多数人不会在朗读文艺复兴时期的诗歌时产生犹豫，它们似乎是属于当代的英语读者似的。

在将一种语言完全迁移为另一种语言的意义上来说，翻译是不可能的。同理，对任何一部作品的重复确认也是不可能的。但是，作为一个不完全迁移作品的文学过程，翻译却是体现文学独特性不可或缺的一部分。具有独创性的独特性会促使翻译（在各种意义上）成为创造性的反应，而不会成为机械性的重述。当然，翻译就是把作品当作他者迎入同一之中，把作品从陌生的东西转化为熟悉的东西；但在此过程中，如果作品的他性和独特性受到尊重（也就是说，如果翻译是独创性的），那么欢迎它进入的领域也会在此过程中发生改变。

对翻译的这种观念，并不意味着有一个清晰的界限，使文学作品不再是它自身而变成别的东西。弥尔顿在他关于贺拉斯的诗作译本的前言中写道："根据拉丁文标准，没有任何理由是词对词的翻译，要尽量接近那种语言所允许的。"我们毫不困难地认为，他的译诗就是贺拉斯诗歌的另一个版本。也就是说，这个版本就是弥尔顿对早期诗人独特的语言排列的反应。相比之下，我们经常在阅读小说的译本时，不会更多考虑这部作品的译者者是谁。阅读巴尔扎克或索尔仁尼琴的作品时，我们不会想到这是在阅读其他人的文字。这两者之间有程度不一的多种翻译，而具有不同相关知识的读者也是以多种不同方式来阅读那些作品的。每一种情况下，作品都会在我们遭遇的语言中，就特定词语的排列作出确认。不同的是，读者可能通过在不同语言中对先前文本意识的配色，可能会以其中一种方式在读者较早的知识中得到丰富。

在更广泛的意义上，文学翻译的一种变体就是模仿。模仿是遵循一定文体和普遍的规范所生产出来的作品，那种规范由转化为同一语言的一种翻译所建立。似乎一部作品越可被模仿，它就越缺乏独创性，但事实并非如此。我们已经知道，尽管模仿没有促成新东西的诞生，它也不能被认为具有独创性（因为它对文化结构的重新处理并没有开启新的独创可能性），但模仿的生成还是作品独创性的一个标记。（然而，我们不能忘记独创性在后来的追溯中是能够经常出现的。）

在模仿范围内，也有多种程度不一的类型，从对典型特征（我们可以把这些特征看作对作品唯一性的反应，而不是对作品独特性的反应）的大量再生产到对独创性的再加工。从古希腊、古罗马时代到18世纪，对早期文学作品的模仿或者（通常是）摹拟，在多数情况下都与翻译结合在一起（并很难与翻译清晰地区分开来）。因此，彼特拉克的许多爱情诗，被英国文艺复兴时期的诗人所模仿，也被18世纪贺拉斯的颂歌与讽刺诗所模仿。

戏仿也是一种模仿形式，在模拟另一作品时，也有可能极富独创性。我们可能注意到模仿或者戏仿在话语上是没有意义的活动，而在文学上不是这样。例如，在物理学界，科学家要么建立一种新理论，要么简单地重复已知的理论，但他不可能去模仿别人的理论。任何可能发生的模仿，都必须把原创性的形式特征当作它的基础，这也意味着是把它当作文学作品来处理。

因此，我们看到模仿就像翻译一样，不是与独特性相对立的。独特的文学作品只有建立在它的可译性和可模仿性（也包括它激发独特的新反应的能力）基础上才是独特的。当然，正如没有一种完全的翻译一样，也不会有一种纯粹的模仿。我们已经知道，文学的确认既与被认同的"同一"的重复有关，也与向新语境、继而向变化的开放性有关。

五、亲密与陌生

在讨论以他性和独特性为基础的文学问题时，我有意强调了我们在阅读文学作品时所遇到的陌生、抵制和困难的因素。我的方法也许一直是西方传统中的主导方法，这种方法可以说接受了下列理论的影响：亚里士多德有关诗歌风格的恰当论述，朗基努斯和许多18世纪以及后来的理论家们对崇高理论的发展，瓦萨利对一些著名艺术家的评论，许多浪漫主义文艺批评，弗洛伊德以及众多受他影响的批评家的理论，还有大量现代主义批评和后现代主义批评。不仅如此，还有一个以非常不同的术语表现文学体验的悠久传统，在韦恩·布斯有关小说伦理的著作《我们所交的朋友》中有极好的总结。布斯列举了几例在19世纪和20世纪早期将书籍或作者作为朋友的隐喻（参阅《我们所交的朋友》第六章"作为朋友和伪装者的隐含作者"），我们从更早时期也能毫不困难地找到相似的论述。

这种拟人化的热情与这样的文学没有一点关系，它已被各种文本的创作者所体会，反映了对语言能够通过毫无热情的印刷媒介而暗示人的个性的惊讶之情。但它确实充当了一个有效的体验文学双重性的提醒者。我们已经知道，一部或一系列作品的独创的独特性，能够产生一种认同感甚至亲密感。很好地慢慢理解了作品独特性中的愉悦之一，就是在阅读涉及一名作家全部特征的作品时，我们能够获得一种亲密感——典型的句法和韵律处理方式、立即可辨的比喻、熟悉的情节模式等。

我要再次解释一下我放置在文学体验中心地位的"他性"，它既不是神秘的观念性，也不是神圣的实体性；它既不是一种"柏拉图式形式"，也不是一种"康德式物自体"。他者只能作为熟悉的版本而出现，它被奇特地照亮、折射和自我疏离。他者起源于构成主体性的文化网络的亲密幽深处。也就是说，它起源于主体内部的和主体外部的一样多。如此一来，自我"内部"与"外部"之间的区分就变得模糊起来。由文学作品产生的他性不必是令人不安或者令人吃惊的。事实上，作品能够被保存下来，它必须（至少在某种程度上）是令人愉悦的。也就是说，它必须积极地唤起人们重读它的足够意愿。如果我们能够直接理解他性，那种震惊确实令人难忘。但是，直接的理解恰恰是不可能的。我们所体验到的并不是他者，而是现在使他者有可能被理解的思想与情感齿轮的运转停了下来，（至少暂时地）已不再成为他者。这种为思想与情感增加了可能性的体验是受欢迎的，尽管那些思想与情感本身可能包含不安与悲伤，就像我们从莎士比亚的悲剧或哈代后期的小说中所体验到的那样。（然而，值得一提的是，就算他性不以一种意识的体验而发生，那它也是有效的。我们将在后面的章节中再讨论这一点。）

因此，作品所需要的那种精神与情绪延展，有时是广阔而难以维持的，有时是微弱的，或者介于两者之间。我过去对艺术创新的论述，有助于解释把艺术家当作英雄或疯子的传统，但是也有助于解释把艺术家当作朋友和同伴的传统。作品通过它熟悉的预演确保了我们已知的东西，如果某部作品被当作文学来看待，那么它很有可能只需要我们对自己的思想与情感的习惯模式作出最少的调整，或许仅仅对我们通常想当然的实践和关系产生了思考。同时，认识到这一点也是非常重要的，即体验不会经常是迄今不可想象的思考之一，它或许是以非语言方式（如柏蒲的"经常思考，但从未很好表达"）用语言捕捉已被理解的某种东西。（当然，这种体验也许只是一个幻象，是"事后性"的一个例子，由成功的创新回顾性地产生。）有大量证据表明，文学作品确实拥有给予读者巨大安慰的力量，特别是当读者对作品的体验使他再次想到自己的处境的时候，这种安慰经常发生。换言之，读者通过接受曾经被排除在外的东西，他们的内心一定产生了一些变化。但是，如果一部作品根据众所周知的语言模式，仅仅通过确认偏见或者再用陈词滥调来安慰读者，那么在我使用"安慰"这个术语的意义上来说，它就不能被称作文学。

我认为，在读者与文学的每次相遇中，都会体验到某种奇异性、神秘性或难测性。即使读者非常了解的一部作品，如果它还容纳了独创性，那么就会保留它的神秘品质。读者不可能准确地指出作品力量的来源，也不会知道作品究竟有多少意义。只有当作品被读者非常熟悉而失去了它的独创性，或者作品太过于程式化而根本没有任何独创性时，它似乎是完全可知的，我们一口气就能说出它的全部意义。在这种情况下，体验就不是亲密和友谊而是厌倦了。当然，读者在阅读一部他熟知的作品时，可以不带有一种使作品的他性本身被感知的开放性和专注性（这种阅读模式的需要将在下一章讨论），而只是以一种随意的或机械的阅读方式来体验那种熟悉的愉悦。（这种依赖熟悉性的欣赏模式，在听音乐时也许更为普遍，在一种完全被动的状态下，可以体验到音乐的乐趣。）这种愉悦是我们艺术享受的一个重要方面，它与我谈论的更严格意义上的文学愉悦很难区分，作出下列区分似乎有点故意而为之：当我重读一首我曾经最喜欢的诗歌时，在大多数情况下，我只是复活了根深蒂固的记忆痕迹，但偶尔会发现这首诗歌的独特性让我有了新的体验。我们都知道那种感觉如果能被清楚表达的话，一定将是这样的："在我每次阅读这部作品的时候，我从没发现它是这样……"，或者"我已经完全忘记了这种……"。

我们在初次阅读一部作品时有时产生的亲密体验，并不是作品缺乏独特性、独创性和他性的标记。正好相反，我会体验到作品与我内心深处的存在（或许是内心深处的秘密）对话的感觉，作品说出了我酝酿已久但无法表达的思想，这种效果更多的不是对已理解的和完全成形的思想与偏好的确认，而是作品深深地进入我的个体文化的根元素之中，并沉淀和结晶它们，在摒弃一些东西的同时也从遮蔽中带来一些模糊的感知。因此，作品的独特性与我自己的独特性开始了对话。

第六章

阅读与反应

一、创造性阅读

通过许多领域（如写作、科学、数学、哲学思想、政治实践、绘画或音乐创作等）的创造事件，他性都可以被生产出来。就像我已表明的那样，在对以上所有领域中独特的创新作出反应时，他性也可以显现出来。阅读就是众多反应中的一种。事实上，只有通过个体阅读与反应行动的积累，广泛的文化转变才会发生，因为一件特定作品的独创性，是由特定领域越来越多的参与者所表达的。

阅读（在这里，我也指倾听一些话语或对一部烂熟于心的作品在心里的回想）涉及一系列不同类型的活动，它们同时发生但彼此经常不一致。为了便于分析，我们可以从那些活动中分离一个基本的阅读程序，它根据词典、句法、文类、会话和关联等惯例，将印刷符号或声音序列无意识地转换成一些概念性结构。同时，由于这种转换试图以必要的客观性和准确性来对文本信息码进行解码，而"阅读"就是试图对作品的他性、独创性和独特性作出反应（我们已经知道，这三种特性是相互紧密关联的）。（我在这里所说的阅读是指对各种文本的阅读，而不只是指那些在传统上被界定为文学作品的阅读。）当阅读成功地理解了作品的他性以及表明了作品的独特性和独创性时，根据前文提到的其他类型的创造性类推，我们可以把它称为一

种创造性阅读。❶

这并不是说有两种截然不同的阅读模式，而是说总是占据主导地位的机械性阅读模式，会受到一些与作品有不同关系的因素的修改或中断。当然，并不是每一部作品都能给读者对他性的开放提供机会，但当作品实现了这一点时，机械性和工具性的解读，会由于我们可命名为读者性的好客而变得复杂起来，那是这样一种意愿：读者的阅读目的会受到他正作出反应的作品的重塑。这样的作品可能是一部哲学著作、一本自传、一首诗歌或任何其他类型的文本。不管在哪种情况下，作品的独创性、他性和独特性都不能凭借原有规则或那些规则的拓展来解释。（相反，作为一个作品的历史事实的原创性，可以用这种方式来解释。）

创造性阅读并非以想象性自由的名义，凌驾于作品在传统上已确定的意义之上，而是它正好为了努力实现对作品的完全公正，被迫要超越那些原有的准则。创造性阅读不会受到作品或阅读作品时的语境的完全限定，这种阅读包含着读者的心理特征，尽管它确实是读者对文本和语境的反应（但不只是那些文本和语境的一个结果或一次回应）。在这个意义上，创造性阅读可以被看作一种必要的但不忠实的阅读。（在本章的后一部分，我们将讨论文学作品与其他作品的创造性阅读之间有何差异的问题。）

---

❶ 萨特在《什么是文学?》（伯纳德·弗雷希曼，译. 伦敦：梅休因出版社，1950）一书中，明确表达出与我在这里的论述有一些相似的文学作品观念。他认为如果阅读就是一种"再创造"（re-invention），那么"那种再创造就像第一次创造行动一样是新颖和原创的"（pp. 30-31）。在萨特看来，这种由创造回应的创造结构是文学领域特有的现象，但我认为这种现象在更广泛的领域中经常发生。

　　以这种方式来描述创造性阅读，在措辞上与我已描述的其他创造模式（包括对另一个人的创造性反应）非常相似。创造性阅读，即努力实现对文本他性和独特性充分而负责的反应，就是抵制把他者同化为同一的思想倾向，抵制不能倾听文本的处理方式，从而表明特定作品中语言、思想和情感塑造有哪些独特的东西。为了理解作品起初的力量，需要悬置旧的习惯模式，还需要重新审视原有立场的意愿。（正是这种重新思考，才会对读者阅读其他作品产生持续性的影响。）在与他者的相遇中（这种相遇会使原来的思考和评价模式发生动摇），创造性阅读会带领作品走向已习惯的思考领域的边界（可理解为在最广泛的意义上）。这里没有唯一"正确的"阅读，就像艺术家在创造一部新作品来对他生活的世界作出反应时没有唯一"正确的"方式一样。

　　所有的阅读都是一个事件，正如它是一次行动一样。当我们努力走进作品时，感觉被它所牵引，我们不只是在选择一种特定的阅读方式。但是，创造性的阅读事件是由对他性的体验所标注的。我们已经知道，这种体验是很难表述清楚的。它需要一种不会妨碍高度警惕的独特的被动性（也许是华兹华斯所说的那种"明智的被动性"）。因为阅读是作为一个事件而发生的，所以事先就没有可能确定哪些是作品充分的反应，哪些不是与作品有关的反应，而这是许多批评理论试图要说明的一点。在阅读过程中，我们可能想要排除作者的意图、传记色彩或者我们读者自身的信念甚至文本印刷的纸张质量，但这都是不合逻辑的。事实上，这些因素甚至更多的因素，都会进入我们的阅读之中，帮助我们对作品的他性和独特性做到公正。

　　既然作品需要的主观性重塑对每个主体都是不同的（事实

上对每一次阅读也是不同的），那么独特性从一开始起就在起作用。对我所阅读作品的独特性作出反应，就是在我自己独特的反应中确认作品的独特性，这不仅是对书页上文字的潜在所指保持开放，也是对阅读发生时的特定时空保持开放，并且能够确认这部作品与这位读者之间不可归纳的关系。❶ 文学评论中经常用到"同情"这个词，然而像这样的术语有一种危险，即它似乎暗含着思想与作品之间的一种简单匹配，希望捕捉到某些以对作品完全反应为特色的、积极开放的东西。

正如我已强调的那样，一个已创造出的实体不是一个简单的物质客体，而是由规则或模式构成的实体，那些规则和模式是新颖的，至少部分地能够被演绎和被复制，也能够被创造性地重新表述。如果不是这样，那么客体将是不透明的和无法解释的。如果没有可归纳的规则的运行，创造就不会发生。但是，只有在回顾中，我们才能把它们当作规则来提取（这因此客观化了从他者到同一的转变），甚至这种实体化也是可改变的。对于一部以全新力量给我留下深刻印象的作品而言（这部作品可能是创作于几个世纪以前或者我已阅读了很多遍的作品），对它的充分反应中有一个很重要的部分，那就是根据作品作为一个有意义实体的运作方式，尝试去领悟它的运作方法，从而获得

---

❶ 德里达用签名和副签名的比喻来描述这一过程，参阅他的《"称作文学的奇怪建制"：雅克·德里达访谈》（收录于《文学行动》，德里克·阿特里奇，编．纽约：劳特里奇出版社，1992：33-75）一文。我会在第八章中进一步讨论签名问题。

对可重复规则的准确理解。❶

　　如果我成功地完全说明了那些规则，从而能够准确地模仿作品，那么我会把他者完全转变为同一。在文化层面上，我们经常看到这种情况：当一部作品作为新的准则来运作的时候，就会引起其他模仿性的作品，但那些模仿性作品对于后来的读者而言失去了它本身的独创性。在第三章中，我们把萨里创造的禽蛋商格律，看作这种完全容纳的一个可能的例子。在尝试对作品的独特性作出公正反应的意义上，阅读既是解释能够被解释的东西，也是发现作品的一种展示方式，甚至最充分地解释也不会穷尽作品的独创性，因此可以说这种阅读也必然是失败的。对作品的解释越令人信服，作品作为文学的无法解释性和不可穷尽性就显得越强烈，作品的独特性也就被越多地得到确认。❷

　　另外一种区分机械性阅读和创造性阅读的方法，就是考虑到文化非整体性（non-monolithic）特点的影响。在同质性实体的意义上，拥有清晰和固定边界的"一种文化"是不存在的。

---

　　❶　那些规则并不是客体所固有的，也不一定与创造性过程中的某些东西相一致。它们在一个特定文化语境中建构着有意义的客体，无法保证在其他时间或地理语境中保持不变。（它们虽然会引起模仿，但在特定时间里的一次具体模仿会在不同语境中变得模糊。）处在我前面所说的审美传统中的批评家，却经常忽略了这种限定。海伦·温德勒（Helen Vendler）恰好是这样的一个例子，他说："审美批评的目的就是以这种方式来描述艺术作品，它不能与其他任何艺术作品相混淆（虽然这不是一件轻松的事），并从那些元素中推导出生成了这种唯一形态的美。"（音乐中发生的事：诗歌、诗人和评论家［M］. 剑桥：哈佛大学出版社，1988：2.）

　　❷　我们应该注意到那种解释超越了描述，虽然描述也是解释的一个很重要部分。参与"精确描述"的过程，就是判断作品的无数特征中的哪一种才是值得描述的，是古语、多音节词、五个字母词、铅字样还是彩印词的使用？答案可能是无穷的，在任何描述中所作出的选择将反映一种优先的理论，即什么与作品意义、力量的描述相关。

文化的预设、习惯、实践和产品，能够被编组从而形成星群效果，但是那种编组的内部是迥然不同的，彼此之间也是相互流动的，也能够被分成更小的组别或者合并成更大的组别，并都处于不断变化之中。我们每个人都存在于我所说的个体文化之中，作为文化场域的参与者，我们个人的历史沉淀了许多不易定义和经常相互冲突的文化场域，它们彼此之间相互重叠或相互嵌套。我们所阅读的任何一个文本（就像我们遇到的任何一个个体那样），都是这种唯一的文化构成的产物。因此，阅读过程就是使文化场域的预设（文化场域构成每个人自己独特的个体文化），服从于作品所表现的东西的过程（当然，这并不是作为对作品创作的那个时代的简单反应，而是作为在我自己的时代中阅读作品时的反应）。而且，我越全面地吸收了我自己时代的文化素材（包括那些构成文学惯例的一些东西，比如，文学史、文学类别、文学语言和一般规范），我与作品的相遇就会越加丰富。

在对作品唯一的反应中（因为没有其他任何一位读者或一种阅读能够由完全相同的文化母体所建构），我经常既会发现熟悉性也会发现他性，既会产生认同也会感到陌生。但是，有多种理由可以说明这从来不会是简单的或可重复的过程。作品的文化场域和我自己的文化场域的内部都是不连贯的。对我来说，作品的文化场域的某些部分可能是难以接近的，我自己的文化场域也永远处在变动不居的状态之中。正像创造一样，之所以对他者的欢迎能够发生，只是因为其发生的文化是由排斥和张力所共同建构的。因此，创造性阅读之所以能够发生，也只是因为读者的个体文化是零散的，并受到了挤压因此是向他性开放的。把前一章结尾时的论述倒过来说，就是在创造性阅读中，我只有作为一个独特性才能对作品的独特性作出反应。

二、惊异与奇迹

我一直在强调，创造性阅读像对他性的任何充分反应一样，既是主动的也是被动的。就主动的一面而言，我已经谈到了要作出努力并对他者的独特性做到公正，而要做到这一点，就必须悬置那些习惯性的思考和感受模式。有一些这样的准备是必要的；如果没有这种准备，就会以熟悉的模式和倾向来处理作品，这样就只能得到另一个同一的例子。但是，也会有这样的情况，即作为他性来体验他性并展现出独创性作品的独特性（就像他人的独特性）时，我们对那样的作品感到惊异，就像创造者会惊异于他的创造一样。但是，我们开不出什么药方可以确保他性的显现，也没有什么方法来保证某一特定的阅读模式，会让人体验到作品的独创性和独特性。

在此，我们无法诉诸逻辑学或年代学的研究。只有在我准备好了接受这种可能性的时候，我才会接受作为他者的作品；也只有在作品超越了我所有的准备并让我没有觉察到的时候，我所准备的这个事件才会发生。在库切的《彼得堡的大师》一书中，主人公勇敢地接受了这种逻辑的失败，因为他承认真正的惊异是无法预见的，尽管它是一种期待中的惊异。

　　　　如果他期望自己的儿子像个小偷一样在夜间到来，而

且仅仅为了听到小偷的呼唤，那他将永远见不到他。如果
他期待自己的儿子以一种未曾期望的声音说话，他将永远
听不到他的声音。只要他期待他所不期待的，他所期待的
才会来临。因此——悖论存在于悖论之中，黑暗束缚在黑
暗之中——他必须回答他所不期待的。❶

在列维纳斯对西方哲学与教育方法的主导传统的论述中，
他认为人们大量关注到他性的控制，而没有为惊异留下任何余
地。在他看来，只有对他者感到惊异，真正的哲学理解和教学
才能实现。尽管这是他大多数写作的论述重点，但他从来没有
完全解决其中的难点，即阐明主体如何实现其向惊异的开放。

尽管"惊异"在此语境中是一个非常有用的词语，但它本
身并不是没有问题。在此，它意味着重新排列习惯性思维和情
感模式的体验，这是一种来源于那些习惯性模式无法解释甚至
无法表述的实体、观念、形式和情感遭遇中的体验。在对作品
有意地努力作出理解之前，由作品产生的惊异就已经对作品作
出了反应。尽管这种情况通常是不会突然发生或作为单一事件
而发生的，但它更可能是逐步地、间歇地与其他许多反应混合
在一起而发生的。（在论述创新过程时，我们看到了与此相似的
东西。）如果我说《罗马帝国衰亡史》让我感到惊异，我可能不
是指阅读爱德华·吉本的鸿篇巨著时的一个特定时刻，而是指
我为了理解作品而做出的持久努力中的因素（如历史观念、独
特风格或其他特征）。在我与作品首次相遇时，它可能根本不会
给我留下任何印象。如果作品是以我完全不熟悉的模式而创作

---

❶ J. M. 库切. 彼得堡的大师 [M]. 伦敦：塞克和沃伯格出版社，1994：80.

的（比如，马拉美的《掷骰子》或者瓦尔特·阿比西的《字母似的非洲》），或者仅仅是我完全熟悉的创作模式的重复（也许是德雷顿的十四行诗，或者乔安娜·特洛普的小说），我可能会把它们理解为无价值的东西。只有通过进一步的阅读，关注到作品中一般素材和语言素材的独特融合，才会充分展示出文学作品中融合着的熟悉与惊异。

惊异与奇迹之间有着密切的联系，在我们试图说明对艺术品作出创造性反应的独特性时，奇迹是对惊异的有力补充，表明它是一种持久的惊异（这是艺术创新特征的一个悖论）。[亚里士多德使用的"惊异"（thaumazein）这个术语，在他看来是审美愉悦中一个非常重要的因素；事实上，这个术语既意味着惊异也意味着奇迹。❶]奇迹与艺术和自然中的崇高传统有最密切的联系（比如在朗吉努斯的论述中），但奇迹也能够被看作对任何艺术品的独创性作出充分反应的一个因素。根据我前面的论述，在那样的反应中令我们感到惊奇的东西，无论在哪个意义上都是一种创新。它被创造出来，现在来到我们面前，它依靠那种创造暗含了"行动-事件"性，而且创造者的独创性在其中被展现了出来并一直得到维持。在文学领域，由作品激发的奇迹的一个方面就是文字的力量感。我们每天使用的语言，它以精确、有力或优雅的品质那么神奇地发生了作用！在我们讨论崇高性时，尽管艺术与自然之间的联系有一个悠久的传统，但是作为创造性阅读的一个方面的奇迹，它与自然客体中的奇迹相比，两者之间还是有很大的不同。

---

❶ 亚里士多德. 古代文学批评·诗学 [M]. D. A. 拉塞尔，M. 温特波顿，编. 牛津：牛津大学出版社，1971：87，103，116，134.

必须进一步强调的一点是（尽管它本身似乎是一件令人惊奇的事），读者并不会总是确认出创造性阅读事件的发生。我使用"惊异"一词，同时频繁使用"体验"一词，都有一种潜在的误导，似乎是说创造性阅读只在心理层面上才能被理解，也就是我们有意识地将其理解为伴随心理或情感而产生的东西。当然，正如我所强调的，在与他性（尽管它有多种不同呈现形式）遭遇时通常有一个心理维度，但事件本身并不一定是主体完全感觉到的一种东西。❶ 由这种遭遇所导致的变化，也许要经过很长时间才能感觉出来。事实上，那些变化可能永远都不会被意识到。也有这样的可能，一部作品在记忆中保存了很长一段时间，但直到一些其他事件所引发的全新而富有创造力的活动参与其中时，它才会引发惊异（正如一部独创性作品，在对一种文化产生影响之前总要经历一段时间）。

值得强调的是，只是文本改变阅读主体的事实，不会预示着独创性作品与创造性阅读的发生。举一个明显的例子，广告业依靠某种文本力量来改变读者的行为，广告经常依赖惊异达到它们的效果，但是广告很少涉及我一直讨论的那种独创性和独特性。也就是说，广告是不需要我们作出创造性阅读的，而创造性阅读会引入迄今不可想象的文化。广告更多的是强化文化中原有的倾向性，而如果广告挑战了现存的习惯和期待，那也是为了刺激其他能够给广告商带来更大利润的习惯和期待。尽管偶尔也有例外情况，就像一些被纳入文学的东西一样，但

---

❶ 彼得·德·波拉的《艺术的重要性》（Art Matters）（哈佛大学出版社，2001）一书，关于我们与创造性、独特性艺术品的遭遇问题有大量很有价值的论述，但在关注心理体验方面，他的论述和我的观点还是不一致的。他对三种特定作品在不同模式中的冗长而经常是费力的体验描述，说明了这种方法的优点和缺点。

一般说来，广告不会冒险欢迎不可预测的他者。

无须把惊异与第五章讨论的认同或亲密对立起来。我可能对作品给予我的亲密感到惊异，我个人的预想与作品产生了共鸣，在我本想发现陌生的地方却体验到了熟悉。我们会感觉到正在阅读的作品直接向我们做最深的自我言说，但在回顾中，我们必须承认在我们作出阅读之前，并没有意识到我们的主观性的一些方面。理解他者就是确认我们精神内外的潜力，同时作出区分性的质疑。

三、文学阅读

到目前为止，我所讨论的对独特作品的创造性阅读，一直没有就文学阅读与非文学阅读作出区分。但是，依照前文我们对文学的创新和独特性以及它们的特殊性的讨论，就能够描述文学阅读的特征。如果我将一部哲学著作当作哲学来创造性地阅读，那么我对它的反应就是对语言（或许还有其他符号系统）中包含的观点和思想的独创性、他性和独特性的反应。对经济学、数学或化学等著作的阅读也是同样情况。历史著作或传记作品，可以把它们看作人物、事件和客体的表现——独创性地描述并彼此关联——而对之创造性的阅读。例如，约翰·罗尔斯的《公正的理论》或班纳迪克·安德森的《想象的共同体》的重要性，在于一系列的独创性阅读（在两种意义上）接受了这些书籍对有影响力的教学、再版甚至政治行为产生的深远影响。然而，在某种程度上，我对那些书中表述的观点与体现表征的文字的反应，在于它们独特和独创的排列上，我的创造性阅读带有文学阅读的特点。

对一部文学作品的充分反应，必须嵌入文学或那种文学形式所属的一部分文化之中，而且读者必须要运用熟悉性来面对文学机制的那些俗成化惯例。要想实现负责的阅读，大量的耐心品读是必不可少的，但这仅代表着一种阅读的基础。❶ 耐心品读会使作品进入到同一的轨道中，也会把作品看作一个客体，使其框架能够被客观地加以研究和描述。

作品的这种程序被执行得越充分，唯一的客体就越显得清晰，从而使它与其他任何一部作品显著不同（在本书第五章讨论布莱克的《病玫瑰》时，我们看到了这种程序的开头部分）。然而，在这种意义上，作品的唯一性只包含在大量编码元素的特定框架中（词义、语法类别、时间、地点、陈述事件、对其他作品的暗指、韵律特点、回声等）。作品完全存在于同一之中，那就不需要习惯性框架，也就不需要作出判断。原则上能够对任何一种文本进行同类型的分析，而且文本的出现总是唯一的，正如据说每片雪花都是唯一的一样。当对作品的阅读是文学阅读的时候，它就不仅是对编码元素特定排列的反应了，而且是对无法分析的独特性的反应，并在所有的重复阅读中都

---

❶ 这并不是暗示了如果没有广泛的阅读和深厚的学术背景，人们就不可能做到负责的阅读。一个没有这种知识和学术训练的读者，也能够密切地走进作品，以他的直觉体验到许多与作品相关的语境特征，并且能够理解作品的重要因素。虽然在这种反应中，一定有更重要的可选择因素，但要承认没有学术和批评训练的人，他们"足够"阅读作品也是很重要的。因此，在那种活动中经常有某种程度的偶然性。

依然可辨。

　　我对阅读一部文学作品的行动的描述，在一个重要方面可能还存在误导，即我一直讨论的作品似乎是事先存在的客体，读者是在与它完全无关联的状态下对之做出反应的。而事实上，构成一首诗歌或一部小说的一系列编码符号，仅存在于某次特定的阅读之中，而读者也只有在特定的阅读中才能形成（这就像一个独特的主体，是在作品的阅读中部分生成的一样）。因此，阅读作品就是使作品发生，以一种模糊的方式"扮演"作品（像"行动"这个词一样）的起始和模仿功能。更确切地说，阅读就是对建构作品写作的独特性和他性的一种表演，因为阅读是为特定语境中的特定读者而存在。在本章的后面部分以及第七章讨论表演问题时，我会继续讨论反应问题。

四、重读

　　在济慈的十四行诗《坐下来重读〈李尔王〉》中，他告别了"金色之舌的浪漫传奇"，转向了与众不同的阅读模式：

　　　　再见！再次激烈的争辩
　　　　在诅咒和激情黏土之间
　　　　我必须烧穿；再次谦恭地品尝
　　　　莎士比亚的苦甜果实。

我关于文学事件的描述，似乎没有对济慈所描述的这种现象进行解释，重读的体验与初次阅读的体验同样强烈甚至更加强烈。重读一部作品时，我们都会感到理解变得更加丰富，感情变得更加强烈。在读完一本极富独创性的文学作品以后，我们都可能会说："我需要再读一遍。"当然，这种现象至少说明，一部正被重读的作品是完全不同于初次阅读的作品的。读者先前在阅读这部作品时所获得的知识和先前阅读体验中的记忆，会改变读者后来的体验。然而，当读者认为那些因素相对而言变得无关紧要时，重读能够持续地比第二次或第三次的阅读带来更多的新体验。

如何理解这种状况的发生，我们可以回到先前讨论的文化对独创性作品或著作反应的问题上，这既包括在作品或著作产生时期反应，也包括在其之后的反应。正如对读者而言，当大量作品开始变得缺乏独创性时，在某种程度上会改变读者的期待一样（华兹华斯的"像云一样独自漫游"，再也不会像第一次出现时那样富有独创性）。因此，一部在初次阅读时拥有强烈影响力的作品，可能在日后的影响力会减弱；但相反的情况也经常发生。不论我多么熟悉一部作品（当然，熟悉感是更多重读乐趣的一部分，虽然它是一种特有的文学乐趣），而如果凭借创造性阅读——在新的时空对作品独特性的充分反应以及我向作品潜在的挑战性敞开自身，作品还是会以它新颖的力量触动我的心灵。既然读者在变，阅读发生和依赖的文化语境在变，那么完全一致地重读就是不可能的。每一次公正地对文学作品的独特性阅读，其本身就是一件不能简化的独特事件。

这是对可重复的悬念现象的解释，即懂得了无论怎样虚构的叙述结尾也无须削弱阅读中不断增长的张力体验。这远非完全沉浸在相关事件中的结果，以至于忘记了我们是在一个虚构世界里对好似真实的东西作出反应。文学的这一特色，源自我们充分意识到我们所读之物的假构性（或作者性）本质。作品中设置悬念，当文学悬念不仅是在语言中呈现对事件的反应时，那就不是依赖对将要发生之事的猜测，而是在创设张力的过程中，读者被带进对正发生之事的完全认知之中。读者无论是第一次还是第多少次阅读作品，悬念都是为读者也是由读者设置和表演的。对于一名历史学家而言，在他已经知道正在描述的事件的结果时，则很难设置悬念。事实上，他很有可能会用文学手法来实现这一目标。

文学作品的独创性，部分地能够由无数次重读而不失其力量的能力来衡量。在我每次阅读一部没有独创性的作品时，那仅仅是确认了我的倾向和期待。重读的效果也为区分文学作品和非文学作品提供了一种方法，在对非文学作品的独创性（或者文学作品的非文学独创性）作出反应时，再次回到我一直强调的作品新的形构上是没有意义的。重读作品仅仅是重复一个过程，而只有在我未能领会作品的观点或者忘记了初次阅读时所获得的体验时，重读才是值得的。相比之下，重读文学作品是对作品文学性的一种确认。

五、作为反应的阅读

阅读一部文学作品就是对它的唯一性作出反应，在这种观念中没有新颖的东西。在文学批评中，"反应""回应""反应性"这些词语已存在了几十年。在最传统的课堂上，学习文学的学生经常通过他人的反应中介，被教育说要对文学作品作出充分而灵敏的反应。也就是说，要对文学作品作出恰当的反应性。我们可能会想到 I. A. 理查兹极富影响的反对"陈腐反应"的主张——与特定现象相关的、由特定词语引发的预形（pre-formed）观念和情感，被完全放置在作品之中。❶ 在这种语境下，一系列与"反应"搭配的赞美性形容词，会带来这一术语的大量应用。这些形容词可能包括"充分的""充足的""准确的""恰当的""真实的""合理的""适合的""公正的""适宜的"，等等。

然而，反应与反应性的观念，比平常所认知的观念有更多的问题。在源于英美新批评的教学法模式中（新批评依然是高中课堂或许也是大学课堂里的文学教学模式），教育学生要对文学作品作出灵敏而充分的反应，期望他们发现正在谈论作品的唯一性和永恒意义（或者代表一种文化传统的教师讲出那部作品的意义）。同时，也坚持作为个体读者唯一确认标志的"反应性"，鼓励学习文学的学生去发展他们"自己的"反应，如果他们只是重复了别人的反应就会受到贬低。一个撰写论文时大量重复了原有批评的学生，无论他是多么准确地呈现了作品所容纳的本质，也不会得到很高的赞扬。

但上面两种要求明显相互冲突，但都是强制性的。放宽第

---

❶ I. A. 理查兹 . 文学批评原理［M］. 第 2 版 . 伦敦：劳特里奇和基根·保罗出版社，1926：158-159；I. A. 理查兹 . 实践批评［M］. 伦敦：劳特里奇和基根·保罗出版社，1929：240-254.

一种要求会培育出机械的剽窃，而放宽第二种要求就会激发随心所欲的主观主义。创作一部本身唯一的应答性作品，似乎就是对正阅读作品的唯一性最恰当的反应方式。在文学研究中，最广泛的课堂实践建立在一个悖论性的基础之上，而不是在反对这个悖论标记的基础之上（尽管这样的课堂实践，由于未能确认和解释这一悖论而受到批评），但这是反应观念复杂性的一个症候。这种反应怎样与相关作品产生关联呢？很明显，它与以下情况肯定不同——反应不是回声或反射，如果它完全是由文本编程的，那它就没有价值。然而，假如阅读作品后随之发生的仅仅是一种反应而不是一种随意事件的话，在某种程度上，这种反应一定是在重复原作品。此外，在避免重复时必须重复的东西，不仅是作品的元素，而且正是使作品成为"唯一"的东西。否则，那种反应就不是对特定作品的反应，因而就根本不是一种反应而只是一种回应。

　　这并不是引起完全次一级回应或附属回应行动的事，它是一种重演，悖论性地使"原创的"行动发生，并且每一次这样的反应都彼此不同。不仅如此，作为文本的文本，作为唯一文学作品的文本，只有在我的阅读中才能实现它完全的存在，而我所说的"我的反应"就是组成那种反应的东西。正像我把另外一个人当作他者来反应一样，我是在与我相关联的情况下对他者作出反应的，因此对作品的反应就不是对作品"本身"的反应，而是在我的阅读中把作品作为他者而形成一个事件的反应。与本书中其他许多名词一样，一个似乎有些笨拙但严格说来更可取的术语是"正反应"，因为它没有实体和封闭的东西牵涉其中，而只是一个可重复的但不同的发生过程。

　　我们现在再来解释为什么既忠实又原创的反应是一个不可

能实现的要求。阅读反应必须公正对待的唯一性既不是一种永恒不变的本质，也不是出现在特定时空中的某一作品不同于其他所有作品的差异性的总和，而是作品通过我的创造性的理解活动（包括我对其局限性的认知）而涌现出来的独出心裁的他异性。也就是说，通过作品的独特性才能够出现。我能够确认和维持作品独特性的唯一方式，就是依靠独特的反应，因为我的反应来自阅读的特定行动。这种反应顾及所有可编的程序，那种程序是文学体制在全面解释文学意义和指涉性的形式排列中所需要的（在此程度上它是一般的批评实践的一部分）。但是，我的反应也将是对作品他性这一独特事件的不可预测和独特的确认，因为在这种阅读事件发生的时刻，作品的他性会对我有一些影响。（我们可能会想起康德关于"模仿"和"追随"一部天才作品之间所作的区分，参阅本书第三章。）我不仅是作为一个文化代表，也作为一个不会耗尽我的文化决定的独特性来对作品作出反应。既然我的创造性反应并不是由我的反应所形成的，在此就没有简单的分隔或年表，创造性阅读会置换内与外、前与后的对立。只有把阅读作为一个事件，也作为一个事件的体验时才能实现这一点。

对独特性的创造性反应，文学作品本身就是最显著的例子。它们有时假借模仿、翻译或推演的形式（比如，庞德的《向塞克斯特斯·普罗伯蒂斯致敬》、斯托帕德的《罗森·格兰兹与吉尔·登斯顿之死》、库切的《敌人》和《彼得堡的大师》等），而且经常带有我已论述的那种"不忠实"。所有好的翻译也都是以这种方式运作的。此外，带着任何一种客观性和终结性，是不可能将批评的反应分为"创造性"和"机械性"的。对文学作品的创造性反应，只有在对作品的独特性作进一步的反应

（也就是说，作品创造性的功能化）时才能够得到确认。

六、作为创新的阅读

创造性阅读经常转化为文字表达的铰接（articulation），似乎被阅读的作品需要一部新的作品来"反应"。❶库切这样解释了他在评论卡夫卡时的一种感受：

> 我的体验是：不是阅读而是写作将我带进了地道的最后转弯处。我想不出还有哪种阅读强度能够引导我走进卡夫卡的文字迷宫。为了能够做到这一点，我不得不再次提起笔，一步步地跟随他写下我的东西。（《双重视点》，p. 199）

这种文字的铰接（在对话、文章、演讲、书信中）通过其他读者的独特反应、新的写作方式与新的阅读方式，本身就能够独创性地发生作用。当然，独创性阅读（此时的"阅读"表现为"评论"的意义）服从于所有创新发生作用的条件，既包括紧密参与到文化语境的需要，也包括对历史转换影响的了解。

---

❶　人们有时说，美的客体有唤起以文字或其他媒介重复它的特征，参阅伊莱恩·斯卡丽（Elaine Scarry）的《论美与公正》（*On Beauty and Being Just*）（普林斯顿大学出版社，1999）。然而，这种反应远不是普遍的，它可能与某种教育和训练有关。我们不应该像斯卡丽那样，把重复艺术客体的欲望与保存或维持它的独特性、独创性的欲望相混淆。这一点是本书第十章的论述重点。

事实上，这一过程是独创性作品引发独创性反应的过程，它揭示了所有的创新是怎样发生的问题。因为创新从来就不是无中生有的事，像我在本书中一直论述的那样，创新经常是一种反应。一般说来，对继承于过去文化情境中的压力与裂痕的反应，便有可能使一直被抑制或被掩饰的东西显现出来。但是，这一文化情境是在特定的独创性作品（在这里我们暂时指各种形式的文化产品）中显现的，正是在对那些作品的反应中，全然的创新才会发生。独创性文学家可能没有意识到他的所有（或一些）作品正在作出反应，但这并不足为奇。我们已经论述过，发明家可能并不了解他的发明过程。

在独创性反应中，读者会通过他自己新的形塑（反过来这会引发进一步的反应），试图解答作品的语言形塑（无论这种形塑是以写作的字面活动、内在结构、言语形式还是介入讨论、行为变化中的形式等因素而存在）。当然，在某种程度上，这就意味着它转而会参与到文学作品之中，也会要求读者对同样的独创性作品作出反应。这种无穷无尽的反应链愿景，听起来似乎令人震惊，但如果我们把文学构想为拥有可分离的内容，并因此拥有那些自我呈现、普遍性、历史超验的品质，以及拥有建立在柏拉图美学传统基础上的绝对意义的话，那么这种愿景就会是这样一种情况。但是，文学是以恰好缺乏这些内容为特征的。当然，这也是我们一直不断地重读作品与审视重读的理由。

第七章

表　演

一、文学表演

我们已经知道，语言事件以两种不同方式独创性地发生作用。在非文学作品中，其结果至关重要；而在文学作品中，事件的事件性（eventness）至关重要。但我们也不能忘了一部作品能够以这两种方式同时发生作用，甚至一次阅读也是如此。在后一种情况下，读者体验到的不仅是事件本身，也是在体验作为事件的发生过程。解释这种现象的另一种方式，就是认为文学作品只存在于表演（performance）之中。❶

我选择"表演"这一术语来指称独创性的文学阅读，部分原因是它有效地表明了我们还从未考虑过、甚至经常被忽略的一个特征，一个存在于文学事件中的自我疏离因素，它是在事件性中被理解的语言事件。（如果显得不是很笨拙的话，我再次倾向于选择"正表演"这个术语，它避免了我们是在处理一个实体的任何暗含之意，事实上我们是在面对一个事件。）在这种意义上，我们所阅读和倾听到的大多数句子，是没有对之作出

---

❶ 这不是文学艺术作品甚至时间线性艺术品特有的现象。当我们把绘画、建筑、雕刻、装置或摄影当作艺术来作出反应时，也可以说我们是在"表演"（perform）它们。阿多诺对艺术品的充分反应有一个相似的论述："理解特定艺术品……需要一种客观的体验式重演，它以同样的意义来源于对音乐的阐释，这种阐释意味着忠实地表演"。（西奥多·阿多诺. 美学理论［M］. 格雷特尔·阿多诺，罗尔夫·蒂德曼，编. 罗伯特·霍勒-肯特，译. 明尼阿波利斯：明尼苏达大学出版社，1997：121.）

表演的。而我们在认知、理解和阐释它们时，或许是作为一个直接结果而感知或行事的，我们是以认知性和工具性的方式来处理那些文字。

以文本的指涉性特征为例。我也许能够从与任何文本（包括文学文本，它经常以不同于文学的方式发生作用）内能够发现的概念、情感、历史或想象实体等的相遇中学习并享受到乐趣。但是，在与其他阅读形态相关的情况下，当我将文本作为文学（也许会也许不会强加于我这种选择）作出反应的时候，我的乐趣和收获来自指涉事件的体验，也来自指涉性的表演，而不是来自我获得的任何知识。❶

因此，虚构并不与文学完全相同。虚构性作品仅仅为我的愉悦提供虚构的特性和事件，比如在一则趣闻轶事或者在任何层面上都缺乏独创性的某些小说中（这需要具体问题具体分析，并经常服从于修订）。更确切地说，虚构和文学指向不同的阅读模式。我能够将《米德尔马契》当作虚构来阅读，而同时不能把它当作文学来阅读。（然而，把它只当作文学而不当作虚构来阅读是不可能的。）文学虚构涉及虚构性表演，它是作为一个或一系列事件的体验而发生的，由此被明确指称的人物和情节，事实上（也不会掩盖这一事实）是由语言形成的。

试举另一个在文学传统和文学描述中占据中心地位的表义模式为例，讽喻是一种凭借理解文本本身的意义而指涉更多（也最终是更重要的）意义的修辞手法。讽喻或讽喻式阅读的可

---

❶ 亚瑟·丹托（Arthur C. Danto）在《寻常事物的变形》（哈佛大学出版社，1981）一书中认为，这种"指涉"观念是审美作品中必不可少的一个因素，它与自我疏离的这种品质有关。然而，丹托是把它作为一种属性而不是一种事件来看待的。

能性，其本身并不是文学的一个定义性特征（例如，它在宗教话语中也是很常见的），但在"讽喻性"表演及讽喻式事件中获得的乐趣，则属于文学现象。[1] 圣经中的《所罗门之歌》，既能够当作表达个体或教堂对与神体之间关系理解的教义文本来阅读，也能够当作表演了肉体之爱与精神之爱、不可判定性的文学作品来阅读，还能够同时以这两种方式来阅读。

与此相似，当叙事指向叙事性表演时就成为文学，当隐喻指向隐喻性表演时就成为文学，当模仿指向模仿性表演时就成为文学，当描述指向描述性表演时就成为文学，等等。（尽管这些词有些是为达到目的而创造出来的，它们有一点误导性，因为我们的反应不是对一种属性或物体的反应，而是对一个事件的反应。我们可以更笨拙地说是叙事化、隐喻化、模仿化、描述化的表演。）在各种各样的文本中，我们鉴赏叙事、隐喻和描述而不把它们当作文学来作出反应。只有在对需要这种反应的作品的文学反应中，我们才能够鉴赏它们，同时表明它们是什么并且能够做什么。

因此，现实主义者的虚构传统应该被理解为客观性的一种表演（这与理解它还是文学，不是一种对过去事件生动呈现的历史阅读一样），也是体验世界可知性的一次邀请。我们从文学中获得的不是真理，而是由真理讲述或否定的东西。近年来的文学批评，经常强调文学作品作为历史创伤见证人的力量。此时，正在被讨论的作品又一次同时以多种方式发生作用，如果说作为证词的作品，以一种强有力的方式参与到历史之中，这与说它们同时作为

---

[1] 我在《库切与阅读伦理：事件中的文学》（芝加哥大学出版社、纳塔尔大学出版社，2004）一书的"抵制讽喻"（第二章）中有进一步论述。

文学作品，表演了见证的活动性并不矛盾。(这种表演产生的愉悦强度，通常会使得文学作品比历史著作作为一个目击者更具有影响力。)其他的文学作品提供了世界或世界中某些因素——他人、过去、将来或自身——的不可知性的相反体验。

更为普遍的是，文学就其本身而言并不会表现主题，而是通过主题化的过程引领读者。当然，我们可以总结出一首诗歌或者一部戏剧的主题，但我们通常意识到在这样做的时候，我们已经遗漏了使作品成为文学的人工制品的最重要东西。即使亚里士多德有点令人惊讶地坚持认为，悲剧情感仅仅是在听到戏剧情节时唤起的，诸如《俄狄浦斯王》暗示了事件以适当顺序的表演（在言语中），而不是其主题的陈述。在这里也可以提出关于美的问题（本书第一章没有讨论），鉴于我们可以在许多自然或人工建构的实体中体验到美，那么艺术品就能够使我们经历创造美和实现美（有时也是失去美）的过程。与此相似，文学作品经常邀请我们作出道德判断，但是从判断的表演到判断本身的移动，都经常溢出了文学。

不管是读者（包括诗人本人）对一首诗歌的简单朗诵，还是他对它全面的戏剧性演出，作品作为表演呈现给读者的是什么呢？我们可以就此问题讨论很多，甚至会超出我在这里论述的范围，但需要强调的一点是，我对作为表演的阅读的论述，同样适用于聆听和观察他人表演的事件。的确，通过阅读方式来表演一首诗歌、一部小说或者一部戏剧文本，与通过聆听他人朗读或者观看舞台演出的方式来"表演"同样的作品，二者之间有很大的差异。但是，我们一定不要被那些差异所误导，因为后一种方式中表演的责任全部移交给了别人，所以就认为它是更消极的一种方式。如果我正对在我面前表演的作品创造性地作出反应，如果我对作品的独特性、他性和独创性作到了公正，那么我仍旧是在积极地表演作品。这也就是说，我沉浸于表演事件之中，并作为一个主体被表演事件部分地建构。

然而，在这两种文学表演模式之间，需要作出一个重要的区分。就一部正在我面前表演的戏剧而言，如果我对它创造性地作出了反应，那么我所表演的不仅是"那部戏剧"，而且是那部戏剧的这种表演。当我作出表演时，我不仅就作者写入作品的可能性作出反应，而且是对使这种表演发生的艺术家（导演、演员、设计师等）的工作作出反应。❶ 对一首正在被朗诵的诗歌的反应，是对我正在聆听的诗歌的特殊表演。甚至也有这样的情况，即当我自己大声朗诵一首诗歌时，作为对作品行事功能的可能性的一种实现，我创造性地对自己的表演作出了反应。

新近出版的一部有关"细读"的选集，封底介绍说本书"针对处在文学批评核心地位的问题——如何最好地阅读一个文本来理解它的意义，作出了广泛的反应"。❷我认为一个完全与此不同的问题才应该成为文学批评的核心，并能够例证最好的细读，即如何最好地表演一个文本与语言力量的衔接。因为语言能在这个世界做到的任何事情，在文学中都可以表演出来。我在表演作品时，会被语言力量的表演所引导。的确，我或者参与到作品中的"我"，可以说是被作品表演。这种"被表演的我"是在过程中的我，承载着与他性相遇时所形成并保持下来的种种变化。

----

　　❶ 在一些艺术品特别是电影中，不可能把"作品"与"表演"分开。这里关心的是，以语言形式存在的作品比以电影副本形式存在的作品更加自主。

　　❷ 弗兰克·兰特里夏，安德鲁·杜波依斯. 细读：读者［M］. 达勒姆：杜克大学出版社，2003.

二、文学表演：一个例证

我们来看一个简单的例子。下面是选自乔治·赫伯特
（George Herbert）的诗歌"复活节"中的一节：

> 我用花给你铺路；
> 我采摘了很多树枝：
> 但你在黎明时起来，
> 和你一起带来了甜蜜。❶

将这四行诗作为文学来阅读或倾听，就是体验这样的一个
独特事件：它由一个熟悉的、相当动人的整齐韵律所推进，表
达了措辞的简单口语体和句法的简单性，均衡了那些已被体验
的品质以及指向一件特别事情的发生———一个躺在坟墓中死去
的人的苏醒。正如《病玫瑰》一样，它含有一种含糊的、甚至
矛盾的色调情结和情感情结———崇敬？奇异？敬畏？失望？愉
快？胜利？阅读这节诗歌，就是感知由前两行诗句所建立的期
待（第二行是第一行的变奏）以及意义的突然爆发。第三行中的
"起来"明显是一个普通的词，以最平淡和最简单的措辞———

---

❶ 乔治·赫伯特："复活节"（《圣殿》，1633）。托宾（Tobin）在他编的赫伯
特诗选中解释说，作为一首诗的两部分通常以"复活节（1）"和"复活节（2）"
刊印，这里引用的是"复活节（2）"中的第一节（341）。

"你起来"——表达从睡眠中醒来，这个微不足道的观察指向一个仅仅可想象的事情。姑且这样说，它是发生在第二行和第三行之间空白处的事情。我们经历这一时刻的震惊到最后一行的过渡，当然在音步和韵律上传达出诗歌的结局，而且在平静地拥抱甜蜜（身体上和精神上）思想的过程中，伴随着复活了的耶稣，越过了一段难以想象的距离，那是人类在挂念和颂扬中作出的努力。同时，这是在感知语言的行事功能，感知那些事情作为复杂的语言（同时，也是无法分隔的有关概念、情感和身体）事件的发生。一瞬间，经历着所有这些体验的读者变成了一个奇迹，也是在语言中作为一个奇迹体验了这首诗歌。

　　阅读一首能够激发这些品质的诗歌，就是诗歌的表演。无论是自己大声地朗诵出来、聆听别人的朗诵、在书页上静静地阅读，还是在记忆中背诵出来，正是在这种表演中，它每次作为一首诗歌而形成。每一次表演都是不同的，有时以难以觉察的方式出现（比如一个读者接连阅读了两三遍这首诗歌）❶，但经常是以可感知的方式出现（比如，如果我们能够将产生于17世纪的表演与今天的表演作比较的话，就会出现这种情况）。将这首诗作为文学作品来阅读，与作为教义训导或者历史证词来阅读是不同的，后者的阅读模式不是表演，而只是适合于提取真理的阐述。将一首诗作为文学来表演，读者需要注意到教义性和历史性的问题（这也许是很好地去阅读赫伯特作品的标准之一），但也需要一种对真理、道德和历史问题的悬置。人们在表演赫伯特的诗歌以及感受它作为文学事件性的力量时，虽然

---

　　❶ 第一次和第二次的阅读，即使不间断地进行也很有可能是非常不同的，就像第六章"重读"一节中讲到的那样。

不需要有耶稣复活的信仰，但人们确实需要去理解并体会该相信的东西。

我列举的这个例子仅仅是指示性的。就一部独特的作品而言，它的独特性在每次表演中被更新；它的独创性不同于其他任何一部独特作品的独创性，任何简单地推论和归纳都是不可能的。正如我一直强调的那样，一部独创性作品被发现并为其他作家所利用的部分，就是成为独创性的新方式。重申先前讨论的另一个观点，我列举的例子也并非想提出一种文学批评的新方法。批评家在文学（特别是诗歌）批评的时候，措辞上经常暗示出我所说的独创性和独特性的中心地位，这些特性的演绎方式能在语言力量的表演中体现出来。然而，大量的批评没有在文学作品的表演性与作品的非文学方面（比如作品指称性的准确性、道德立场、政治实用性、形式复杂性以及叙述结构，等等）作出区分。我们已经指出，通常具有高度独创性的作家，才能够对文学作品作出最充分的反应，这一点并不令人感到惊讶。对一部寻求公正地处理事件性的作品作出评论，必须在另一部作品中找到一种传达那种品质的方式，因此那部作品也必须拥有一种表演性维度。

三、作者性

文学表演中，还有一个值得我们重视的方面，而它在当下关于意义和阐释的理论探讨中有时被忽视了。我已经提及了文

本（无论是否是文学的）的读者，根据他正阅读句子的目的性
所作出的那种预设（参见第四章之"作为事件的语言"）。无
论那种预设是正确的还是错误的，它都是阅读任一文本时体验
意义的基础。这并不是说意义等同于作者意图，但当被问及这
一问题时，有多少读者会描述这种体验，并且经常作出努力来
把这种直觉翻译成作为意图意义的理论呢！这种由意图概念产
生的问题，在过去 60 年里已经被全面地表述了出来。然而，我
想表明的是，文字文本这种特色的意义性前提是，读者有赋予
意义或者抵制、减弱意义的意图，以及就作者而言，它是一种
有意或无意的预设。在这一点上我们只分析一下推理过程，因
为对像意图"自身"这样的东西，我们是不可能找到一个求助
对象的。即使我们能够接近作者的思想，也无法找到一个这样
简单意图的东西。（然而，许多文学或非文学作品，创造了我们
正在接近作者意图的幻象，我们可以把它叫作"意图性效
果"。❶）

　　这种目的性的潜在意义，我们可以用"作者性"（authored-
ness）这个术语来表明。这是一种预设，它指我们正阅读的文字
是精神事件的产品，或是参与到处理语言意义过程的一系列事

---

　　❶　这里所强调的预设目的性，与作品可能含有的历史意图不同。就作品创造
可确定的事实而言，它不应被看作暗含着试图要把那些问题的研究非法化。要想作
到对作品充分的公正，可能包含这种传记的、历史的活动，即使那种活动对创造性
阅读的效果可能从来不是可预期的。不管传记作家或历史学家的动机是什么，这种
事实积累对阅读的开放和关闭都是一样多。

件的产品。● 我们可能对一篇特定文本的作者一无所知，甚至也不知道他的名字，但我们可以在被创造出的预设基础上阅读那篇文本，因而它至少是由一种（几乎肯定是"人的"）思想所调解的作品。● 作者性不会从与作者的交流中产生，而像各个方面的作品意义一样，它来源于艺术被接受的社会语境和文化语境。这是更加广泛的历史化过程的一部分，它贯穿于我们解释这个被造世界的方式之中（即使它经常涉及与事实性重构一样多的想象性重构）。虽然作者性的预设是西方艺术的显著特性，至少从希腊文化的经典时期以来也许一直就是这样，但没有理由假定在其他文化实践中，我们当作"艺术"来看待的东西（比如舞蹈、说书或手工制作）带有任何作者性责任的含义。

然而，作者性是所有文字意义的一个必要特征，文学作品的作者性显得特别重要，因为那是创新在作品生产与接受中所扮演的一部分。前文已经论述过，创新是发生在创造者（和那种文化）身上的一个事件，也是来源于一系列意图中的一次行

● 巴赫金和列维纳斯对话语的理解，都依赖一些这样的预设。对这个共用前提和它的伦理含义富有启发性的讨论，可参阅迈克尔·艾斯金的《列维纳斯、巴赫金、曼德尔施塔姆、策兰著作中的伦理与对话》（牛津大学出版社，2000）。海德格尔把"创造性"（createdness）看作"创造作品的一部分"，这与我的论述有一些相似之处，尽管他关心的是那种巨大的艺术成就效果，而不是艺术本身的问题（艺术作品的起源 [M] //诗歌·语言·思想. 阿尔伯特·霍夫施塔特，译. 纽约：哈珀和罗出版社，1971：64）。要注意到作者性不同于"隐含的作者"，"隐含的作者"观念是依靠作者性优先预设的许多语言效果之一。

● 我对"人的"（human）这个词的引用，反映了主导的通行文学观念。然而，也许充分利用科技的发展，打破可能获得未来独创性的限制，从而保持一种开放姿态是很重要的。他者将以何种形式出现，这不可能有内在的限制，因此并没有他者的人性的事先指定。如果有也早已被和解，不会成为完全的他者。作者性体验在将来某一天可能不会限定在人的领域之中，文学也就会处在破坏人的与非人的区分的过程之中。

动，还是处在共同体范围内的一件事情（一个个体也存在于那
种范围之内）。我认为，我们在把独创性翻译（同时也是置换）
成我们承传的文化模式和倾向的过程时，是把它作为他性来体
验的。虽然我们可以说，发生在我们身上的这件事也发生在创
造者身上，但这不是作为同一种体验而发生的，而是作为一种
间接体验而发生的。然而，作者性的意义仍然是至关重要的。
把创新作为一个在文化领域自我生成的爆发，是不能够完全解
释作者性的，但把它作为一种或一组思想的起源点，就可以解
释了。我们可以把自然客体（比如，一片树叶、一幅瀑布或一
片云彩）作为独特的东西和他者来体验，其独特性和他性会以
我们所观看的那种方式，对我们的习惯性理解模式产生一种重
塑作用，那就是他性的标记。但是（如果我们能够搁置神人同
形的信仰的话），我们是无法把它作为创新来体验的。在前一章
论述中，我认识到构成艺术充分反应的奇迹，完全不同于自然
生成的奇迹，因为前者的来源是创新。在任何意义上而言，创
新是正在被体验的东西。

　　我们已经论述过，对独创性文学作品的体验（通常情况下，
可能产生一种有意的、令人愉悦的开放性），并不是来源于创新
的内容（那是创新提出的一系列论题或假定的概念），而是来源
于创新的读者表演和读者的创新表演。因此，作者性的意义与
作品的独创性生产有着非常紧密的联系。当我公正地对文本的
他性作出反应的时候，我所确认的并不仅是对文字的特定论述
或排列，而且是在生成那些论述或文字时，开始从事被作者置

入的文本创造性。● 而我们与语言的许多相遇，或许对任何书面、口语语言文本的大部分体验来说，都是在没有这种预设的情况下运作的。对文学作品他性的充分反应，包括对作者创造性的一种体认和尊重，以及在某种意义上（这一点将在第九章继续讨论）读者所承担的一种责任。这不是试图重新独创性地生产写作体验的事（这一点在第二章开始时作了简要描述，我把它叫作"他者的创造"），创造过程（随着时间的流逝，它可能涉及修订过程）此时已经被丢弃了。● 这对作品的原创性也未能作出反应，就像我们在前一节论述中所看到的那样，它成了一件历史重构的事件。

解释作者性这种观念的另一种方式，就是在最充分的意义上（与机械地解码一个文本相比而言）阅读一个文本，这种阅读不是将文字作为一个静止的集合来处理，而是把它看作"写作"（written）或者更好地作为一种"书写"（a writing）来处理，因为它抓住了牵涉其中的无止境的活动性。当然，也有一些只需解码和不带有书写含义的文本。例如，当我在写作时，我看到了贴在电脑上的制造商的商标名，我不可能在任何充分的意义上阅读它，除非它展现出特有的独创性或语言强度。但我的大多数阅读是作为书写来阅读，也就是说，在某种意义上作为已被选择、被排列的文字来阅读。当然，这种选择和排列经常缺乏任何特定的创造性。在创造性阅读中，创造性（已作

● 作者这样做而"蕴含"的并不是争论焦点，而极有可能是在一种不可克服的不确定性——某种效果是不是原来被预期的——中获得乐趣（阿特里奇．乔伊斯的影响：论语言、理论和历史［M］．剑桥：剑桥大学出版社，2000：121-125）。

● 近来发生学批评领域的研究，已经使人们有可能更加充分地探讨那些尚未获得最终形式的文本，参阅《创世纪》杂志（*Parisian group ITEM*）。

为一个术语的意义）在哪里或能够在哪里产生呢？诚如"作品"（work）这个词的含义，表明创作作品时注入了人的劳动。在这个意义上，作品与"创新"的双重意义恰好一致。相比之下，"文本"暗示着一种未被语言符号授权的编码，它更适合指称大量非创造性的书写。（罗兰·巴特就喜欢这样提醒他的读者；当然，这并不是巴特使用这个术语时的意义。）然而，我们一定不要让"作品"这个术语的回音太过强烈。虽然我们赞赏进入创新时所付出的时间和努力，但当我们创造性地、负责地作出反应的时候，我们的反应只是一个持久的并使那种劳动成为可能（不是劳动本身）——作为正发生（不是已发生）的作品——的创新事件。

四、文学作品的时间性

文学作品是一个时间性事件而非一个静态的客体，这是一个不言自明的道理。但一个能够指向作品截然不同的两种特性的问题是：在一系列创造性行动中有时间性的根源，其最终产品（虽然是在时间中被生产的）只是给了我们一个虚幻的静态外表；或者说，时间性只是在阅读行动中出现，它将书页上外表静态的文字形态置换为时间性的表演。前一种时间性在文本版本中得到了最生动的说明，那些版本通过文字的叠加表明了修订的时间（由汉斯·沃尔特·加布勒校订的乔伊斯《尤利西斯》综合版就是一个著名的例子）；后一种时间性许多在诗歌的实践批评中更为普遍，它把诗歌看作一种口头事件或戏剧场景，在许多叙述理论中，其序列性是一个非常重要的因素。这两种时间性观念往往互相排斥。对创造性选择的可变过程，以及对可选择文本可能性的多样性强调，会削弱一种简单的线性口头表演的观念；而对作为在时间中呈现的言语或一系列事件的作品的评论，往往将文字看作一个单一的、完成的和已被授权的文本。

富有挑战意味的是，将这两种时间性放置在一起加以考虑。文学作品不会无中生有，它在时间性过程中被一直书写的意义是我们对之理解的一部分。（我已经强调过我们可能会被愚弄，在人的创造性行动中，无法作出一个最终的保证，以确保我们阅读的作品事实上被意图性行为生产出来。但是，不可避免被那样生产的预设还是改变了我们对作品的阅读。）尽管我们对意图主义谬误了如指掌，但历史性的、传记式的研究能够启发我们充实对写作过程的理解，因为它总是在特定时空中发生的，尽管它永不关闭文本向开放性移动的大门。所有这一切都意味着创造的时间性（作为一个在解释中的回溯性建构因素），是我们理解任何文学作品的一部分。然而，作品的书写性只有在阅读中才能被认识到，那种阅读是作品潜力的独特表演，它充分利用了作品中被编码的许多（从来都不是全部）可能性。

但是，对于文学作品的时间性而言，有比这两种维度更多的东西。正如我已暗示了我们能够做的那样，把作品应该叫作"书写"（a writing）而不是"写作"（the written）的东西，是为了向支配我们文学阅读的奇特的时间性发出信号。即使我们阅读一部作品的目的在于重构历史意义（比如发现那部作品的第一位读者可能从中得出的意义），但我们所阅读的文字还是会产生它们当下的效果。这种当下不同于我们看到身边客体时的当下，也不同于书页上作为物质实体的文字的当下。正是我们所阅读文字的当下性，充当了文字过去性以及另一个人在不同的当下将其一直书写的前提。

把"书写"这一术语用作一个名词，传达出一种悖论性却熟悉的时间性。它暗示着创造一个文本的活动，并不随着作者放下笔杆或退出文字处理程序时而停止。只要文本被阅读，它就一直处于正在写作的状态之中。（如果文本没有被阅读，那么它仅是一个"写作"的状态。）在评论惯例中，过去与当下的互相渗透，在文学批评中用一般现在时来传达，而不管是指正在写作的活动——"作者在此总结了这一论点"，还是指由文本生产的世界——"法布里斯被卫兵的行为吓坏了"。这并非仅仅是一个重要的习惯问题，评论一部"我有点喜欢他穿着靴子走进浴室"的小说是相当正常的。行动与事件之间以创新为特色的不可判定性，映现到阅读正在写作的时间性的不可判定性之上。在一个行动的范围内，阅读是对已被写作的反应，同时表演对它的解释性程序（包括对作者执行的历史性行动的意识）。而在一个事件的范围内，阅读是由正在写作所表演的；的确，可以说这正是正在写作所写的东西。

那么，如果我们说作品不是一个占有某种意义或一系列意义的客体或符号结构，而是一个事件的行动，也是一个行动的事件，那么我们是同时指写作的行动–事件和阅读的行动–事件。（爱德华·萨义德指出，在最好的音乐表演中，作品的存在"似乎是由表演者所创造"的；安东尼·舍尔生动地描述了这一时刻，他说当一名演员在说出戏剧文本台词的时候，他有"一种变得必须像原创性地写下这些词语的细微感觉"。❶）很明显，阅读行动是对写作行动的一种反应，但像我们在前文中看到的那样，"反应"的观念是非常复杂的，第二次反应跟随着、同时在建构着第一次反应。换句话说，虽然我所说的"写作行动"不能等同于创作的历史时刻，但不能将它与独创性时刻分离开来。❷

　　作为他者的文学作品是表演中的作品，这种表演疏远（不是剥夺）了语言的所有基本运作。也就是说，文学作品并不是由一个持久的中心所建构的，而是由独特的一系列代码和惯例的充分利用（同时也是审查和置换）所建构的，那些代码和惯例构成文学机制和包括作品在内的更加广泛的文化构成。在每一次阅读中，作品的独特性存在于作品的表演（正在表演及正被表演）中。虽然像我们已经看到的那样，独特性只有在变成且借助普遍性时才能被理解，但那是带有每一次新表演的新独特性的重生。

---

　　❶　爱德华·萨义德（Edward W. Said）. 音乐的阐释［M］. 伦敦：查托和温达斯出版社，1991：89；安东尼·舍尔（Antony Sher）. 失控：自传［M］. 伦敦：哈钦森出版社，2001：322.（令人奇怪的是，当萨义德把这种观点延伸到文学的时候，他应用于批判性文章而不是文学作品的表演。）

　　❷　关于如何阅读文学作品最有趣的争论之一，是布朗肖（Blanchot）在《文学空间》（安·斯莫克译，内布拉斯加大学出版社，1982）中的论述（参阅此书的第六节"交流与作品"）。布朗肖在那里讨论了作品的起源，并坚称：阅读把品读作品的任何人都拉进那些丰富起源的记忆。不是读者一定会重新感知作品被生产的方式，不是读者会参与到作品创造的真实体验中，但创造中的某事件伸展时读者会参与到作品中。（202）

第八章

形式、意义与语境

一、形式与文学

在一些文本中，作者的创造性劳动集中在以新视角进行观念操作、论点建构和既有实体的再现，或者是迄今不存在的实体的想象。而在被我们称作文学的文本中，那样的劳动与文字的选择和排列相结合，在某种意义上总是服从于文字的选择和排列。在文学作品中，他性和独特性来源于与文字本身的相遇，也来源于与文字的序列、暗示性、型式、相互关系、声音和韵律的相遇。要重新体验这些作品中的他性，仅仅回想那些作出的论点、引入的观念和呈现的意象是远远不够的，而必须以文字被创造出来的顺序重读或追忆那些文字。文学领域表达这种观念的一种方式，就是创造性成就都是一种形式的成就。

"形式"这一术语的悠久历史，对今天想使用它的任何人来说都会产生困难。在文学研究中，它能够指一种抽象的结构或者排列（"十四行诗形式"），或者一部作品的具体特性（"莎士比亚第 116 首十四行诗的唯一形式"）。[德语中有效地区分了这两个词，前者叫"形式"（Form），而后者叫"完形"（Gestalt）。] 正如本书第一章所论述的那样，形式与对艺术客体的静态理解相关，形式中的内容或意义与物理素材以及那些素材的形态或结构是对立的。在文学批评中，形式经常与内容相对照，尽管有从柏拉图和亚里士多德承传下来的哲学传统，但形式与物质或物体是一体的。例如，如果你对诗歌的语音或图解素材感兴趣，那么你就会被认为是一个形式主义者。我们需要的是对形式的描述，更确切地说，是对文学批评中引起了运用这个术语的一些写作特性的描述，这种描述不会掉进审美传统的二元论中。

特别是形式与内容的对立，分离了形式特性与作品的伦理、历史和社会问题之间的任何联系，这需要作为一个问题来重新讨论。"有机形式"的观念有一个强大的传统，但正是形式与内容之间的对立，使它们之间始终保持着一种不明确的状态。人们在讨论形式与内容无法分离而完美融合的可能性时，却依据的还是先前的那种理论性分离。文学以这种模式（如文体学的大部分规律）运作时，大多数人要求形式的重要性。在不使用一些图式版本而使声音附和感官、形式的表演意义的情况下，用语言描述对作品形式特征的积极反应是非常困难的。但除非我们能够从那种对立中挽救出文学话语，否则形式将继续被看作令人尴尬难见的东西。而如果能够避开形式，我们对文学的语义性关注同时也就是历史的、政治的和意识形态的关注。❶

因此，他者的创新是他性被引入个体文化之中。超越了这一点，个体文化的领域和文化领域就不能在形式与内容分离的条件下加以理解。新形式的出现和文化素材的新排列，同样也是新内容，它向意义、情感、感知、反应和行为的新的可能性

---

❶ 后结构主义文学批评经常依靠"能指"（signifier）这个术语来讨论形式问题，它通过坚持语言物质形式的自治来对抗有机形式的观念。遗憾的是，那种讨论很少逃脱亚里士多德的理论范式，它进一步具体化了形式，而忽视了索绪尔所坚持的能指与所指不可分离的特性，也没能看到意义经常内隐于能指中的方式，因为能指与非表意的素材实体是显著不同的。（出于同样原因，索绪尔语言学中的所指从来不是与能指可分离的，德里达已进一步详细论述了这一点的意义。）

开放。（"意义""情感"等上面所列举的词语，应该被理解为
具有动词意义而非名词意义。）在表演一部文学作品时我们所反
应的东西，显然是既包含形式也包含语义的一个综合体。但只
要我们像传统的形式观念所倡导的那种再现一样，把这个综合
体作为一种静态客体来表述，那么我们就很有可能掉进了一个
被简化了的概念之中。然而，如果我们把作品看作一个行动-事
件、本质上发生在读者表演中的时间性过程的话，那么就有可
能重新概念化形式和文学作品。

　　形式的独创性不仅是为建构句子和处理文字韵律而找到新
方法。要创造一种具有我已描述的那种效果的他性，不仅源于
文字组成某种声音和形态的事实，也源于那些声音与形态是意
义与情感的节点的事实，并由此深深地扎根于文化、历史和人
类的各种体验之中。因此，形式序列是作为意义与情感的表演
而发生作用，那种表演在我所说的表演性阅读中得以实现。文
学作品能够给人带来多种多样的愉悦，但有一种能够被叫作独
特的文学愉悦就是来源于这种表演的。那种令人震撼的、穿越
时空的表演，可能形成了我们生活中最亲密、最被强烈感知的
部分。如果没有我在此所说的这种意义上的形式的重要功能，
就没有了这种表演的意义，也失去了这种时间中的表演。在阅
读文学作品时，人们可以说意义是同时被形式化和表演化的。
文字意味着同时向我们表明了想要指涉的东西。

二、形式与意义

　　形式与内容不是对立的，从我这里论述的意义上说，形式包括意义的动员，更确切地说包括意义事件的动员——意义的序列性、相互作用和变化的强度，意义的期待、满意或张力、释放模式，以及意义的精确或扩散。这里不包括任何可提取的作品先于读者而存在的意义、信息、意象或所指。通过这种意义的动员，作品的语言功能（如指称性、隐喻性、意向性和伦理性等）就会被表演出来。

　　因此，对文学作品作出充分反应的必要条件，还包括对指称、隐喻、意向以及伦理的特别关注（那是对任何文本负责地阅读的前提条件，因为人们需要将作品与它众多的语境、过去与现在联系起来）。因为只有通过这种关注，我们才能够理解与分享作品这些关系的表演。但这并不是一个充足的条件，无法进一步把文本看作历史的、报道的、忏悔的、布道的或其他类型的非文学话语。只有通过这些活动的表演，才能对作为文学的作品作到公正。我在这里需要马上补充一点，这不涉及文学与文学文本的其他方面之间的传统边界的重新认定。相反，它使那些边界是可渗透的和问题化的。因为任何文本的"文学性"，在一定程度上（在特定时空中）都是向语言和话语基本功能的那种表演开放。我已经强调了行事的作品与不依靠文字的唯一选择、排列的作品之间的区别，因为作品的独创性、独特性和他性，与文化上被接受的（虽然是历史性的、可变的）文学的和非文学的文本分类是不一致的。许多在惯例上被认为是非文学的作品，拥有形式的创造性特征（这方面的构成，比它们的论点或再现得到了更持久的认可）。然而，很多我们贴上小说、诗歌和戏剧标签的文本，只有在它们生成强有力的意象或者革新性地处理了概念时才是他者。在任何关注形式的独特性与他性（我们已经论述过，它们是不可分的）的文本中，作为一种"文学的"认同都是特别有价值的。

在我的论述中，把独特作品的可识别性与签名作一类比（我是从德里达的著作中借用的❶），有助于阐明形式的观念。一个有效的签名经常具有这种含义："我，一个某某适当名字的拥有者，在特定的时间和地点亲自写下名字，希望它是一次身份验证的行动。"在阅读和验证签名的行动中，我们无须关注时间和地点（虽然这也是经常被指明的），但我们必须关注写作行动的情境性和日期性（在术语的意义上）。然而，为了能够得到验证，那个签名必须确实是一个签名，而不仅仅是一个适当的名字（由拥有者写下的），读者无论是凭借记忆行动还是物理上与其他签名的核对行动，都需要能够辨认出它。如果没有这样的行动，签名就仅仅是一个被写下来的名字。那么，签名就存在于写作和阅读的双重行动之中，而不是处于经验客体之中。（由机械的印章所产生的签名，仅仅是作为一个签名的再现而起作用的，作品与此大不相同。）把那种签名作为一次签名的反应，

---

❶ 参阅《签名 事件 语境》（*Signature Event Context*）（收录于：哲学的边缘［M］. 艾伦·巴斯，译. 芝加哥：芝加哥大学出版社，1982）和《签名》（*Signsponge*）（收录于：文学行动［M］. 德里克·阿特里奇，编. 纽约：劳特里奇出版社，1992）。

也就是说，对写作踪迹的独特行动的反应，构成了它作为签名的一部分。❶

以相似的方式，文学作品只有在对确认了它的文学的反应中，才能作为文学的东西被充分建构。也就是说，文学作品是作为始于一定时空中写作的行动而存在的。（这种时间感是我所说的"作者性"及"正阅读的写作"的体验的一个方面。）但是，什么东西表达出那是文学呢？如果我们求助于签名，我们发现那只是一种形式，一种生产空间中某种可见形态的一次行动的踪迹记录。❷ 很显然，除了形式，文学作品还涉及更多的东西，但那也是作为被书写的形式。也就是说，作为创新的行动-事件的加密意象，等待在阅读中被重新表演。被书写的形式把它自己看作文学，看作这种唯一的（但经常是可识别的）文学作品。然而，没有作为经验性结构的形式，只有作为被表演的、易变的形式，也只有响应写作表演的一种阅读表演的形式。文学作品不同于字面上的签名，它并不暗示一种独特的、定位的、日期的写作行动，而与其他为了完成传达意义的任务而避开那些情况的写作类型比起来，它确实拥有独特性、定位性、日期

---

❶ 虽然我在讨论签名时一直使用"行动"（act）这个词，但我们不应忘记这种程序的事件性。签署我的名字与写下我的名字之间的区别，在于当我习惯性地凭记忆拿起笔的时候，前者包含一种被动性。与此相似，确认一个签名就是发生在我身上的事与我所做的事具有同样的效果。

❷ 近年来在签名确认上的科技发展，一定程度上呈现出签名就是生产一种形式的"行动-事件"的特性。比如，提供信用卡的顾客可能被要求在一个机器上签名，以查明由此生产形式的踪迹动作是否与原来存在的签名主人相一致。一个想冒充的人可能会生产出一个可辨认的签名，但那是依靠未被确认的行动而为的。

性的普遍品质。❶

　　正如签名的运作依靠其形式的唯一性一样，文学作品的独特性起源于形式的行动-事件，它建构了文学作品并在阅读中被重新建构。然而，签名的运作也依赖于它在所有场合的与众不同。正如我们已明白的那样，机械的复制是远远不够的。签名有一种独特的悖论性品质，那种独特性只有在重复中才能被确认，但那是每次都不一样的重复。事实上，签名的独特性——"第一次"（但什么时候才是签名的第一次呢?）——已经是一个普遍性和差异性的产品，即区分性的代码导致了可辨认的字母写作。文学作品只要被阅读（也就是说，作为文学作品来阅读），它也会持续地被作为"同一"的事件而重复，但没有两次完全相同的阅读。对文学作品作出反应，意味着对作品富有意义的、表达感情的运动的独特性作出反应，这种运动发生在我的表演可更新的行动中。但在那种反应中，并不意味着为了我进一步地使用或娱乐，而离开了文本的一些概念性本体。

三、形式的表演：一个例证

Do not fear Baas.　　　　　　不要害怕主人。

---

　　❶　列维纳斯在要求人们注意哲学主要讨论的是"言说"（Saying）而不是"所说"（Said）时，表明了一个与此相似的区分（如果这与我的论述有联系，但也是出于不同的原因）。参阅《存在之外或超越本质》（*Otherwise than Being*）（阿方索·林吉斯译，杜肯大学出版社，1981）。

It's just that I appeared	只是我出现了
And our faces met	我们的脸相遇
In this black night that's	
like me.	在像我一样的黑夜里。
Do not fear——	不要害怕——
We will always meet	我们会经常相见
When you do not expect me.	当你不想我的时候。
I will appear,	我将出现,
In the night that's black	
like me.	在黑得像我一样的夜里。
Do not fear——	不要害怕——
Blame your heart	责怪你的心
When you fear me——	当你害怕我——
I will blame my mind	我会责怪我的心
When I fear you	当我害怕你
In the night that's black	
like me.	在黑得像我一样的夜里。
Do not fear Baas.	不要害怕主人。
My heart is vast as the sea	我的心大如海洋
And your mind as the earth	你的心宽似星球。
It's awright baas,	好了,主人
Do not fear.	不要害怕。

蒙甘·塞雷特（Mongane Wally Serote）的《实际的对话》

（"The Actual Dialogue"）❶ 这首诗中的主要他性，像其他据说能够通向他性的诗歌一样，都存在于抵制直接的同化和解释之中，也存在于拒绝完全屈从的编码和策略之中。作为文学的读者，我们被教导要对语言及作品伦理的、审美的、表述性的和表演性的运用施加影响；而同时，他性只有依靠那些编码和策略才能得以存在。塞雷特诗歌的力量，在需要吸收和理解（在可实现的程度上）的智力与情感的突变中被表达了出来，这种力量正好是这些文字的产品。在我阅读这首诗的时候，我没想着给它增加、改变或去掉一些词语。重新体验这种"情感—身体—智力"的综合体，它建构了我对这首诗的反应，因此也建构了这首诗，我需要以同样的顺序重新体验未被改变的那些文字。

我在这里使用的"形式"这个术语，是描述一部个体的文学作品时的一个基本点。在这种意义上，独特性观念与形式的观念很明晰地紧密联系在一起。我在阅读这首诗时带离的东西，首先不是一种或一系列的观念与意象，而是那种特定文字序列的记忆，以及被我对那些文字的体验品质所扩散开来的记忆。这听起来似乎有点矛盾，后一种记忆即使在我忘记了那些文字的时候，还会保持在我的大脑中。只要我以一定顺序和一定效果保留着文字"形式"的、怎样展开的以及怎样在我身上发生的记忆，也就保留着那首诗的某些东西。诗歌的这一层面与深层愉悦是不可分离的，深层愉悦既推动着我对诗歌的阅读，也推动着我记忆中的内心再现。这种愉悦无法在诗歌的概述中被传达出来，无论那种概述是多么忠实于诗歌文字的意义。

---

❶ 罗伯特·罗伊斯顿（Robert Royston）. 南非黑人诗选［M］. 伦敦：海涅曼出版社，1973：24. 在此感谢科林·加德纳约 25 年后，把塞雷特的诗介绍给我。

然而，我们怎样才能表述"实际的对话"中的形式问题呢？一个熟悉的办法就是去作诗歌的形式描述，从那里去观察读者体验中每一个被认可的形式特性的功能。我们可以记下词语和声音的重复，我们可以标出诗的格律，我们也可以列表显示端点抑制的语法性力量（比如，观察它们所有相一致的各种句法组别）。根据形式在文学批评中运作的悖论性意义，我们可以关注声音本身的语音素材，比如回音式的元音（-ear，-igh，-are）或者重复的辅音（/b/，/f/）。然后，我们可以试着把这种形式特征的矩阵，与我们在诗歌中发现的意义、情感的品质联系起来，努力去解释这种关联为什么在读者（至少是部分读者）中产生了强烈的反应。❶

这种描述会把这首诗歌变成一个审美客体，而在那里"形式"与"内容"依然是分离的，但是它们无止境地指向了对方。这种描述忽视了这样一个事实，即我们把那些所谓"形式的"特征，在特定语境中是当作已有意义和有意义来理解的。这忽视了文学作品的事件性，而意味着形式需要拘泥于文字被理解（如"成形""形成"或"失形"）。这也呈现为一种诗歌反应模式，它是一种完全的普遍化过程。在这个过程中，诗歌是作为文化编码网络的一部分被理解的，而不是被理解为向那种编码的挑战。毫不奇怪，当下的许多评论家（最可能是那些作导言性诗歌评论的人），更喜欢谈论南非的历史与政治、20 世纪70 年代的"黑人意识"运动、政府为了选票的"对话"策略、

---

❶ 在讨论这首诗的时候，我毫无正当理由地把自己的反应作为典型的反应。我相信这是无害的策略，它肯定是许多先例中的一种。当然，我希望我的评论对读者（如果他第一次阅读这首诗，没有我所体验到的那种强度）有积极的影响。

种族主义话语、黑人与白人之间习惯性的隐喻、兰斯顿·休斯（Langston Hughes）的引喻❶以及塞雷特作为一个黑人作家在南非的境况，等等。这一切论述都可能是有价值的，但也无法解释阅读这首诗的体验为什么会如此不同寻常。正如形式的描述一样，这种语境化、语义性的描述同样很好地适用于一首没有什么力量和记忆性的诗歌。必须要表明的是，在这首诗的写作中，所有这种"语境化"的素材是怎样渗透到一个唯一的形式事件中的。在这个事件中，一个特定的读者也许会体验到与强烈的、极度愉悦的他性的相遇。以这种方式，社会矛盾——像阿多诺所理解的那样——在形式层面上被彰显了出来。

实际上，围绕诗歌的独特性对它作出界定是没有问题的，有一条界线可以把诗歌与叫作诗歌"语境"的东西分离开来。语境已蕴藏在诗歌的文字中。就文字而不是声音或形态而言，就我作为一个文化建构的个体而不是一个生理机器或精密电脑而言，语境已在那里的我的反应之中。事实上，独特性是由我们叫作"语境化"运作的东西所建构的。它不是处在所有可接近意义中心的、不可侵犯的核心地位的事情，而是压在此时此地的一系列语境上的产物。语境包括语言、文学传统、一般特性和文化规范，它通过建构诗歌和读者从而建构了诗歌的阅读。因此，意义不是出现在界定形式的对立面或互补同位面上的东西，正如它是在审美传统中被想象一样，它是在形式中已被接受的东西。意义从形式中产生，声音和形态一样多地从形式中产生。形式和意义都会发生作用，都是同一发生过程的一部分。

---

❶ "像我一样黑"是兰斯顿·休斯的诗歌《梦想变奏曲》（Dream Variations）中的最后一行。

把形式与独特性联结起来、并包含意义的这种方式，是违背一个在语义领域和术语史中最有力的元素的，即形式与普遍性、超验性的联系（与经常和"内容"或"意义"相联系的特异性相比）。毫无疑问，这种从可能发生的、充满意义的现实平等交换中平静地提取出的意义，会让具有政治和历史倾向性的批评家质疑这个形式主体。我一直不赞同这种观念，即认为形式不经过思想的调解就能被理解——无论人们把它看作一个柏拉图式的超越还是亚里士多德的圆满实现的存在。形式是透明的、纯洁的、可提取的和可归纳的。传统的文学形式观念（抑或一般意义上的形式观念），没有给他性的运作留下任何空间。（我前面提到的那种悖论，由语言的物质素材——听觉的和视觉的——也能够在形式的仪式中被处理，而不需要把独特性引入描述中，因为那些物理特性本身是作为可归纳的东西被处理的。）

把塞雷特的诗看作一个形式上独特的作品来作出反应的一种方式，就是在前一章论述的基础上，作为一个读者对表演那首诗的体验作出评论。（我这样说的意思是，作为一个特定读者而不是一种观念来评论。我的个人历史涂染了我自己的阅读；更有意味的是，我作为一个白人男性在南非长大的经历。）这样的评论不会把形式与意义分离开来，或者说把形式与独特性的表达以及他性的进入分离开来。我一直在强调对他性和独特性的"体验"经常是无意识的，一首诗中某些对我促成了力量的特定元素——也就是说，在我对诗歌的表演中——很有可能不会呈现在我的意识之中。然而，出于同样原因，我作出的描述那种表演的努力，可能会不知不觉地传达出我还没有意识到的东西。为了减少篇幅，在此我想论述这首诗的开头部分。

"不要害怕主人"（Do not fear Baas）——这四个英文词无中生有，或者说来自我阅读此诗之前未经宣布的、没有定位的、未被识别的期待盲区之中。在我把它们作为一个陈述理解之前，就像另一个人存在的物理符号一样，它们在黑暗中触及着我。但在我把它们当作一个有意义的序列来理解时，它们给我安慰，似乎事先就知道了它们将引起的忠告，也会像它们生产那种忠告一样地缓和那种忠告。单音节的词语非常朴素，连接它们的句法也非常朴素，似乎是在向一个孩子说话，或者以一种非母语者的语气说话。但表达并不是口语式的形式。在背景中进一步复杂化了这种色调的某处，萦绕着天使般的声音："不要害怕"。

但并不是消除疑虑就预测和安排了某人的恐惧，至少它不是那些恐惧的来源。当我处在黑暗中的时候，我已经被看到并被看透。"Baas"一词在南非的一般用语中指"主人"或"先生"（它是南非荷兰语中的一个词，来源于荷兰语中的同一个词，它起源于美国英语中的"老板"一词）。表示遵从和要求向我表示敬意的"Baas"一词（因为这个词会立刻质问生活在南非的白人），回响着一种危险的空虚，它在预防优越性的示威之后还一直存在。它是一个拥有大量讽刺意味的词，我作为一个白人主人，是不被容许或无法感知的。当它与命令联系起来的时候，在那种情况下受信人感觉不到一种掌管，就很难断定它的面值。然而，词语中没有什么东西，能够取消它们的积极意义和所提供的善意。如果词语真正地提供了那些东西，我就不能错过它，不能在我恐惧的黑暗中丢失了它。在最大的程度上，如果一个国家过多地发生了那种遭遇，那么她的未来则是危险的。"Baas"的称呼可能是充满深情的，但我怎么知道它在那里包含着多少（如果有的话）积极情感呢？对于词语的所有直接性来说，它们是异己的、反抗的和不可还原的。它们没有深度，没有底面。我只能重读词语，再一次走访音调、表达和含义的可能性。

当然，由于书面诗歌上的词语不是被言说的，所以在我每次朗读它们的时候，我必须选择特定的音调，从而限定在能够理解细微差异的范围之内。然而，当我以自己选择的声音朗读它们的时候，我能意识到那种范围，即使我不能在适合于一人的话语中朗读它。在下面几行诗中情况也是如此。"只是我出现了"——这是解释和安慰的词语，而传达了与一个突然出现的幻影遭遇的忠告："他者"种族的人栖息于种族主义文化之中。"我们的脸相遇"——有什么东西能比这更简单和更平静吗？但同时有令人不安的脸的观念，而不是人相遇时的观念。在这里，双方都是裸出。我们生活在远离普鲁弗洛克的世界，他准备用一张脸去会面你遇到的每一张脸。那种"我们的"拥抱多么令人鼓舞，强调了戏剧性场面中两个人的人性共享，这两张脸完全不同于毁灭了列维纳斯式主体的那张脸。然而，这也是多么令人担心，我们之间找不到任何区别，"Baas"这个传信词的无论什么裨益，都似乎已经消散了。然后，消除恐惧的顶点到来了，这也是不断上升的忠告的意义顶点："在像我一样的黑夜里"。

"不要害怕"的重复，在传统意义上是诗歌的形式特征。人们可能会说，诗中"不要害怕"的五次出现，赋予这部作品一个结构性的框架。但诗中的这种方式把那些在话语表演中的重复效果降到了最低，从而在时间上而不是在空间上发生作用。当我第二次阅读这些词语时，我感觉我们甚至进一步从会话中移开。这有点像一首摇篮曲，加重了词语再次在叠句中的重复。通过重复，短语的声音和韵律越来越多地突显出来（虽然经常是作为意义的传达者而从来不是完全的声音素材），这种向歌曲领域的移动有助于我得到安慰的体验。在读到第二次"不要害怕"之后，我再次期望有一些延伸，一些不必恐惧的缘由。接下来的一行似乎是在导向这种只给予我的延伸——"我们会经常相见……"；经过这个分行符的迟疑，又一个害怕的理由——"当你不想我的时候"。接着是另一次重复，前面听到过的词语再次接合、增大了威胁的强度："我将出现，／在黑得像我一样的夜里"。

　　但我提醒自己不是受信人，作品是使我参与其中的语言事件的表演。我把自己放在受信人的位置（不是诗歌把我放在那个位置），但我也演绎和建构了一个不是我的、一个南非白人的、在天黑以后独自外出的、在那个国家几乎随处可见的受信人，并被与一个黑人（也许是一个陌生人）的相遇所惊吓。❶ 在我阅读这首诗的时候，我既是也不是那个人。塞雷特的文字既不是安慰也不是威胁，它们作为事件而表演那些冲动。我不在这里讨论的这首诗的其余部分，虽然几乎不能说它提供了理解种族和谐的药方，但还是演完了理解（在彼此理解的意义上）双方恐惧的大量尝试。那些文字在20世纪70年代早期由一位南非黑人写下，我的这种知识是我的反应的一部分。在我阅读那些文字的时候，我体验到了那种写作的事件性，也在其中抵制

---

　　❶ "主人"（Baas）一词既被用于陌生人也被用于熟知的白人主人，在其他场合一个相等的术语是"家伙"或"男人"。虽然从历史角度可以认为这首诗反映了20世纪70年代的种族隔离状态，但那种状态在今天也能够轻易产生，或者在50年以前就已经产生。

着占主导地位的白人的、欧洲的诗歌传统。这首诗页面上的表现和它简约的组织、形态语言，也是借用于那种传统。抵制这首诗本身的背景，产生了一个未曾预期的、威胁性的外表，也产生了一个在我表演它时改变了我的他者。

这不是把这首诗放置在一定语境中的事情，而是允许那种语境迁入这首诗的问题，从而加强或加深了那些文字所产生的效果。这首诗并没有丢弃它的写作性，并在历史化和传记化的层面上能够进行演绎。但正是写作性和一种写作，在我的每次阅读及给予我的阅读中才表演和体验了这首诗，它探究、挑战、嘲弄和寻求克服的种族主义，被重新生产出来。那是读者在每次创造性地表演它的时候，产生的一种可怕的历史重生感。的确，对有些读者来说，在我们的社会中如此显而易见的、让人烦忧的种族主义能量，他们觉得并不总是存在的。对那些读者来说，这首诗更多的是一次历史性的演习，但这可能是在每件艺术品中都可获得的演习。

作为一个批评家，对塞雷特的诗歌负责地作出反应，意味着生产出了一种表演阅读它的行动的评论。这不是在报告阅读中发生了什么的意义上，而是在评论的写作中尽可能多地呈现给特定读者那种体验的独特性（其存在于抵制那种使其存在的说明性方法）的意义上。这样的评论本身是一个独特的行动-事件，表达此时此刻的读者体验，而它试图对诗歌的他性做到公正。这同时一定是把作为他者的诗歌带进了同一的领域，因此不了解它的读者才能开始去理解，并确认和保持它的他性，以至于读者才能表达它的力量。然而，评论本身必须力图成为一个独特的、创造性的事件，由此才能邀请到独创性地对它自己的独特性、独创性作出反应的阅读。

四、形式与工具主义

这种想象文学的方式与我们理解的传统"文学形式"的观念之间，能够作出什么样的区分呢？以文学形式的名义运作的这些特性（如音韵模式、韵律、句法变异、叙述结构，等等）正好引发了我所描述的表演性反应。❶ 作品对历史、共享的编码和心理状态的所指本身，只邀请指涉性的阅读，它的道德声明只邀请一种行为的（也许也是精神的）反应，它的编码意图只邀请一种传记式的阅读，诸如此类。但当与文本外的因素建立了那种关系的语言有意义地被组织起来的时候，当语言有这种显著的不被那些功能所耗尽的品质的时候，我们能够说它们是正在被表演。对外的每一种所指以同样的姿态都是一种对内的所指，每一种隐喻都是隐喻性的演出，每一种表述的意图都是意图性的展现。

这种由形式特性动员的意义效果，使文本从来不会在一个被呈现的世界中静止下来，也从来不会只成为一系列语言之外

❶　自从 J. L. 奥斯汀在《如何以言行事》一书中，把"表演性"（performative）这个术语引入语言运用的分析中以来，它已经被添加了相当多不同的用法，有些完全是有正当理由的，而有些就不是很充分。虽然人们能够指出我使用"表演"（performance）一词的意义，与奥斯汀对表演性言语的论述之间的某些相似性，但我希望不是我强加了这种联系。（作出这种联系的有价值的一次尝试，参阅：安德鲁·帕克，伊芙·K. 塞奇维克. 表演性与表演 [M]. 纽约：劳特里奇出版社，1995.）德里达论证了在欢迎他者时超越这种表演的必要性（没有条件的大学 [M] // 不在场证明. 佩吉·卡夫，编译. 斯坦福：斯坦福大学出版社，2002：234）。

存在物的一次投射或一个指示器。意义和所指是作为一个问题
被不断激活的。指涉性在每一次文学行动中被表演，而不仅仅
是被批注。因此，文学作品是可使用所有有意义的语言资源的。
以最具体和最有说服力的方式，它能够描述、证明、召唤、诱
骗、移动、警告、说服、许诺或叙述，而不会遭受为其服务目
的而完全强加在工具性语言上的种种限制。（也许还有一个需
求，就是它要生产愉悦。这种愉悦就其文学性而言，正好是由
表演性的，或更准确地说是由正表演的和表演了的文学维度所
生成的。）

　　一旦我们把文学作品的唯一性与独特的表演流动性等同起
来，就很难以一种纯粹工具性的方式走近它了，或至少是未建
立在对那种独特性的反应基础上的工具性，怎么没能对文本和
文学机制负起责任的问题就变得明晰起来。工具性方法不但通
过把它与已知的、固定的参数与价值联系起来，以寻求对文本
的理解，而且一般化地把它的唯一性、表演性转变成一个静态
的因而是可用的范式。文学形式所作的就是去生产（当然与文
学机制的预设和惯例——主导着特定历史时期的阅读——一起
发生作用）一种语言工具性的悬置，一种怂恿把形式与内容分
离开来、只把内容指定到伦理和政治领域中的审美阻塞。没有
形式主义的形式。❶当然，这就意味着我们几乎不能持续地使用
"形式"这个术语，除非我们带着有意的、古术语式的意图来这
样做。文本的声音与形态，经常已经是有意义的多种声音与形

---

　　❶　参见阿特里奇《文字和其他：无形式的形式》（"Le texte comme autre: la
forme sans formalisme"）（收录于：玛丽-路易丝·马利特. 边境通道：雅克·德里
达之旅［M］. 巴黎：加利出版社，1994）一文。

态。没有一个时刻甚至是一个理论性的时刻，能够分离出一种
纯粹的形式特性（至少能够把文学作品变成别的什么东西的形
式特性）。

由此可以认为，文学行动不会直接与政治领域发生作用。
当文学作品以一种直接的方式在政治上生效的时候（比如，雪
莱的《暴政的假面具》，或者特雷塞尔的《穿破裤子的慈善
家》），它们的文学性并不是至关重要的，而是一些其他品质
（如修辞的或好辩的效果、描述或情感呼吁的活动、想象的乌托
邦式构想模型等）在起作用。但是，文学在表演伦理判断和政
治姿态中，通过暂时把政治、伦理与通常的冲压语境分离开来，
能够强有力地支撑起政治和伦理的审查。当把文学当作文学来
反应时，文学不是一种政治工具，而它深深地被牵扯进政治中。
惯例上审美的、工具的堵塞中，文学作品无法满足我们在处理
语言时的习惯性需要。因此，它疏远自身，使自己成为既是熟
悉的东西又是他者，也让我们处在一种特定的责任中（小心谨
慎地参与、尽可能多地悬置我们通常的预设与实践，并意识到
把作品翻译成我们的术语时牵涉其中的必要背叛）。充分地对文
学作品作出反应，就是敏感地、负责地意识到它在我们身上要
获取的他性和需求。

人们可能会反对这一点：特别看重形式（在这个意义上，
也指他性和文字独特性）的文学创新的意义，就是给特定文类
和模式——诗歌比散文、先锋艺术比传统艺术——授予更多特
权，也给特定历史时期——特别是现代主义时期比之前的历史
时期——授予更多特权。有这种反对观念就是误解了他性的本
质，因为他性是在艺术领域运作的。语言和形式的独创性只表
现为一种文学的独创性，我们只是特别地把它与诗歌和现代主

义相联系（当然，在各个历史时期有许多小说、戏剧和其他作品，通过多种多样的独创性产生了它们的文学影响）。众多不同种类的独创性会发生：在风格和语言上极其普通的作品（比如，斯莫利特或特罗洛普的小说），在感知陌生的情感模式、细化迄今未被发掘的人际关系、晶化新观念等方面，都可能具有非常强大的力量。使那些文字成为文学作品（作为区别于其他种类的文本，在此方面已是独创性地具有生产性）的东西，就是那些新的理解或情感，依靠作品对语言的特殊运用并在表演的事件中形成的东西。虽然它们可能改变人们的思考和情感方式，但它们是特别地新奇，也就是说它们特别的文学性，也只有在这种事件中才能被体验到。

然而，这一点也一直是正确的：在整个西方文化史中，艺术家的作品已被作为最有力的、最蕴含深层愉悦的、最具有持续价值的东西所接受，那些作品几乎不变地已成为独创性的、由形式和其他方式再创造的文化结构。任何我们因其独特性而赞扬的已被创造出来的作品（不管是个体的还是集体的成就），我们也因其独创性——也就是说，因其在作品的时代（不管在那个时代得到公认与否）和我们的时代对他性的引入——而赞扬它。从荷马史诗到泰德·休斯的诗歌，从埃斯库罗斯的悲剧到卡瑞·邱吉尔的戏剧，从柏拉图对话录到托妮·莫里森的小说，它们作为唯一的语言构造和丰富的文化素材的个体调度，我们以不同的、变化的方式在确认、欣赏和分享，也经常是对他者的独创性的欢迎。

第九章

责任与伦理

一、为他者的责任

我在本书中讨论的所有不同特性、包括艺术品的创新及对它的反应，都需要提出一个确认他者与新奇的要求。我们已经知道，为了考虑到被根深蒂固的理解模式系统性地排除在外的东西，对他者的创造性反应包含那些模式的转变。对陌生事物的关注需要人们付出努力，即使它是一种反抗努力行为的、清空过于目的中心意识的努力。那么，有什么东西能够驱使和引导这种努力呢？我们可以谈论那种依据快乐和奖赏的动机，它们从创造一部原创性和富有影响的作品中获得，或者从创造性地对一个人或一件人造物品的公正反应中获得，但这种动机只说明了独创性的愿望，还似乎不足以解释实际发生的事。这种行动似乎是来源于一种很难解释的、对他者与新奇以及正在形成事物的义务之中。

描述这种态度的一种方式，就是说他者——不论是我努力创造的他者，还是我在一个人或一部作品的形态中遭遇到的他者——唤起了我的一种责任感。在下列情况下，我们可以在两种责任之间作一个区分，即对（to）他者的责任与为（for）他者的责任。（换用一个恰当的近义词会使这种区分更加清晰，即对某人负责不同于为某人负责。）虽然我意识到了对他者的责任（他者叫我去解释，我也最好地应答了它），但这与我为他者的责任要求完全不同。为他者负责涉及猜想他者的需要（只要存在这种需要），并确认和保持那种需要，也准备为了他者而放弃我自己的需要和满足。

我们借用"责任"这个概念来处理包括人、文化及自然环境在内的各种各样的实体，但它通常不会用于艺术创造。❶然而，责任提供了一种有效地显示存在于创造性行为中的陌生冲动的方法，这种冲动在我寻求句子来阐明观念或者让一首我最喜欢的诗新奇地影响我的时候，以一种辅助的方式显示出来，更为必然的是在主要的独创性、文字或其他方面的行动中显示出来。这是一种会导致冒险的冲动，它在任何创造性思考中都是一个至关重要的概念。既然在向他者开放自身时没有任何确定性（在定义上被排除的那种确定性），那么每一次这样的开放都是一种冒险。在我知道他者会带来什么之前，我信任他者。❷那可能是最好的，也可能是最坏的。在我作出任何算计之前我对他者负责，因为那种冒险是不可计算的。（我们在第四章中指出，虽然某种文化可能以多种方式从创造性艺术实践中获益，但那种文化经常也有可能被损害甚至被毁灭。）我珍惜他者是因为它的他性，既然它的他性恰好对我而言是弥足珍贵的东西，因而无须任何担保，我会尽可能充分而持久地承担实现和维持他性的责任，这意味着我准备每次都以新的相遇开始。

然而，在对艺术品的反应中我们体验到的东西，不是一种

---

❶ 关于此问题，库切是一个例外："写小说的感觉是一种自由，一种不负责任，或者更好是对还没有出现的东西的一种责任，那种感觉存在于路的尽头的某个地方。"（双重视点：论文及访谈［M］. 大卫·阿特威尔，编. 剑桥：哈佛大学出版社，1992：246.）

❷ 在伦理关系上对这种信任的重要性的讨论，参见阿特里奇《库切与阅读伦理：事件中的文学》（芝加哥大学出版社、纳塔尔大学出版社，2004）一书第四章。

普遍化的义务，而是一种来自作品本身的召唤。作为独特的他性表演的作品，我们已经知道这意味着什么。作为文学（而不是作为规劝、说明、神秘化等）而强烈地发生作用的文本，使用了同一的素材（文本和读者栖息的文化，并在那种文化中被建构），以这种方式通向那些素材所不能解释的东西（尽管那些素材实际上已有可能使其显现）。对这样的作品的反应——负责的反应，就是试图作为他者来理解他者——是一种对它的表演，而这种表演不可避免地会努力把他者转化为同一，也努力允许同一被他者所修饰。

然而，这样的阅读并不仅是为了挪用和解释作品并把它带入熟悉的范围，而且为了呈现作品的抵制和不可简约性。以这种方式呈现作品，就是戏剧化了关于熟悉的理解模式的一些东西，从而使那种理解模式不能适应这个陌生者。在这个意义上的他性，不一定是被隐藏的某种东西。它可能完全存在于外表，令人非常熟悉但阻止了挪用与教化。他性经常是一种与熟悉的关系，或者更准确地说，（我们已经知道）恰好是这种关系或关联在创造性艺术作品的表演中被正在表演。为作品负责包括对文化的负责和敏感，我们是在那种文化中遭遇作品的，那种文化赋予我们以轻微的或重大的方式来重制作品。

为他人的某种支持和帮助受到了习惯性道德编码的嘱咐，但我为作为他者的他人的责任比以上要求更为严格。为了最大可能地思考、尊重、维护和学习他者的他性与独特性，我的义务就是去重塑我所思考的与我是什么的问题，而且这样做的时候，我的行动结果也没有任何确定性。人类的创造性（以及创造性本身）产品也是如此。对创造性艺术、科学或哲学作品负责的反应，就是允许重新形成反应的反应，它在为我与我的时空中的作品独特性表演中，重新塑造我和我的文化思考与感知方式。这可能意味着当反应似乎还是模糊不清或令人不快的时候，愿意相信它有重要的东西表达。至少几次阅读——或许谈话或研究——使得一种有根据的、公正的反应成为可能。（当我们有理由相信我们最初的反应只是暂时性的时候；比如，当它已被某人推荐而我们也尊重他的判断时，或者由作者推荐而我们也渐渐欣赏那位作者具有独创性的其他作品时，我们更有可能对那样的作品保持一份耐心。）

为他者负责不是我在第六章中讨论的传统的反应性要求的补充。不同于对物理刺激的反应性，对他者的反应性必须包含类似于责任的东西，因为他者只有在被确认、被欢迎、被信任和被培育时，它才能够形成（我们已经知道，即便那种形成一定涉及不再成为他者）。为他者负责是一种好客和慷慨的形式。❶不仅如此，我在反应中的责任极大地超越了我的认知功能，我的情感自我、有时是身体自我也处于冒险之中。因此，在任何好客行动中包含的固有冒险性（我必须在知道它是什么之前确认我的一切存在），实际上也就是确认在它之前的存在。虽然我一直在谈论责任"感"和作为一种"态度"的责任"感"，但这些词也是没有多少说服力的。为他者负责不是在我发现自己的情况下，我体验到了那么多的情感；它是把我作为一个文学读者而建构的。

这种责任经常看起来像不负责任，但任何其他类型的责任（例如，建立在算计可能结果上的责任），是我们的电脑就能够

---

❶ 在《什么是文学?》中，萨特强调了慷慨对于读者而言的重要性，并把慷慨与自由联系起来（伯纳德·弗雷希曼译. 伦敦：梅休因出版社，1950：36-39）。

为我们所做的事。这里没有直截了当的年表，这是一种创新不会遵守一般因果性协议的方式。只有接受了为他者的责任，我才能将他者引入或让他者发生。这里有一种责任甚至先于要去"接受"他者的"我"的意义，因为行动总是重制演员。

二、伦理

　　责任是一个伦理学术语，它暗示了一种"应该"的意义。在他者形成（因此也是使他者产生）中，为他者负责就是承担对他者的义务。负责地对文学作品的他性作出反应，就是对他者要作到公正。作为文学来处理文学意味着要好客和慷慨（我对这些问题的全部讨论一直贯穿着伦理的考量）。这会为我关于创新、创造和反应性的解释带来新的问题。当这种努力的结果不带有任何人可识别的价值，或事实上（正如我已表明的那样，使其存在的他者原来是一个怪物）可能服务于非常不人道的目的时，关注和确认他性的伦理基础是什么呢？❶

　　在经常包含不可预测性和冒险性的最基本伦理需求，与在

---

　　❶　这样一种结果，很可能导致对没有独创性事件的追溯性再阐释，因为它不会引起进一步的创新，恰是创新可能性的关闭。纳粹主义的盛行可能是一个历史例证，大多数把它作为一个明显的创新事件的人，并没能预测到它的最后结果。巴迪欧饶有兴趣地把纳粹主义看作一个真理"拟象"（simulacrum）的例证，他认为这起因于与真正的事件"形式上不能辨别"（formally indistinguishable）的事件（因此欺骗了包括海德格尔在内的许多人）（伦理：一篇理解邪恶的文章［M］．彼得·霍尔沃德，译．伦敦：韦尔索出版社，2001：72-77）。

特定社会语境中主导着具体情境的、需要最大可能的结果控制的特殊义务之间，如果我们准备去作出区分的话，我们只能继续使用像"责任"和"义务"（事实上，也包括"伦理"本身）等带有伦理意蕴的术语。对上面的后一种情况而言，我们也经常把它叫作"道德"。● 当我在创作音乐、对另一个人作出反应或阅读一部小说而对他者负责的开放，与在我所处的呈现于社会规范、宗教制度、我的国家法律、还可能是我自己的超我的道德编码的义务之间，并没有一定的关联。这不是说这两种义务之间是互不相关的；相反，如果道德编码、合法体系或政治计划赋予了我已简要描述的那种责任的话，即使它们经常受到那种责任的审查和超越，也会被认为是合乎伦理的。

对责任而言，不仅没有道德的或实用的基础，而且没有哲学的基础。制约创造性行动的伦理力量是没有根据的（在此，列维纳斯让人难懂的思考富有价值），因为它先于任何可能的基础。我们已经知道，没有为他者的责任就不会有他者；没有他者反复且经常不同地出现，就不会有同一、自我、社会和道德。我们无法从现有世界来推断对他者的义务。现有世界——包括对伦理或责任作出的任何推断方式——以对他者的义务为前提。因此，伦理不仅是主体之间，而且是主体与它多重的他者之间的一种基本关系。而这不是一种联系的、无法命名的关系，因

● 尽管人们以多种方式来定义"道德"（morality），但它经常与比伦理（ethics）更可知的、更可被编码的一系列规范联系在一起。为了讨论伦理与道德之间的区分，需要留意这两个概念的其他解读，参阅：杰弗里·哈珀姆（Geoffrey Galt Harpham）. 拨乱反正：语言、文学和伦理 [M]. 芝加哥：芝加哥大学出版社，1992：49-56。德怀特·弗罗（Dwight Furrow）在《反对伦理》中，针对近年来已挑战了一般化理论的伦理哲学的不同流派，提供了一种有说服力的论述。

为它在逻辑上先于关系和命名，也先于对逻辑的事实。我们发现自己已经为他者负责（这一事实与建构伦理一样多地建构了艺术领域），这是在我们说创新、他性和独特性是事件的时候所意指的一部分——它们发生在我们身上。

人们可能会反对这样把对他人的仁慈、艺术创造和阅读行动组合在一起运用"责任""伦理"等术语的方法，认为它的范围如此宽泛以至于架空了它们任何有效的意义。人们也可能认为，那种方法驱散了术语真正的力量，而那种力量只有在我们使用任何词汇的过程中识别了人际关系的领先性时才能够被维持。如果这些批评不是为了恰好调用一个悠久的思考传统，认为"伦理""责任"等术语特别有效的话，那么这种批评存在一定的有效性，并可能会导向运用不同的术语，而那些术语未装满人文主义的道德意蕴。使用这些术语的固有需求，在于当下对他性的讨论既是对旧话语的瓦解也是对它的延续。像往常一样，我们是通过重塑而不是丢弃旧事物使新奇产生的。在本书第二章中，我们审视了创造过程中对他者的反应和以一个人的形式对他者的反应这两条平行线。在这两种情况下，为他者独特性的尊重，包含着一个重塑和更新某人思考基础的意愿。

为他者——我认为它处于创造性的核心地位——的伦理责任，在人类历史上以不同术语在不同语境中，并以或多或少的充分性和连贯性得到了大量阐释。当下的讨论就是试图从这个悠久传统的一部分中，获得对此问题适合于我的时空中的解释。我已讨论过不同的伦理关系，但我不会对它表现的相对重要性作出任何诉求。很明显，道德或政治判断应该把为人的责任置于为人的产品的责任之上，也应该凭借创造性给人（或一些其他种类）带来的益处而考量创造性。但是，伦理的非道德话语的特殊价值，在于它为道德—政治领域以及规则、计划和种类世界的基本状态提供了一种洞察，但不会还原于它们。

三、文学的伦理

负责地对艺术作品作出反应，意味着努力对作为一个独特他者的作品作到公正。这不仅包含一种伦理的或审美的判断（这无须分类或把它放置于价值系列），而且包含对确认作品独创性运作方式的判断。我们可以把它比作法庭上法官的反应，法官固有的责任就是判定一个特殊的案件，他通过对所有相关的法律和文献的研究，会对那个案件施加影响，由此通过把它和普遍的法律领域的联系，驱散了它的唯一性。然而，要作到像所说的那样公正的行动，他必须超越依据合法的实践编码而可能作出的任何算计，必须带着任何一种机器也不能模拟的果断性而行动。只有这样，才是真正负责的、对案件的独特性真正反应的行动（要时刻牢记，这种独特性并不是一个处在编码和惯例之外的不可侵犯的同一性，而是通过那些编码和惯例而产生的）。

正是这种独特性（既然独特性总是在抵制或超越原有的框架，那它也是他性）才对作为法官的判断提出要求。没有被那样确认的案件和由法律确立的个体审判的独特性，任何公正都是不可能的。（顺便说一句，在整个日常生活中，公正的或伦理的社会生活，只有在相似的确认行动中才能够盛行起来。）对他人有道德的行动，就是人们必须尽其所能地（这一点几乎不言自明）努力去理解他们和他们的处境。而一个人对另一个人的最初诉求和对他行为的最终判断，二者都存在于对抵制那种理解的他性的反应和确认之中。事实上，这会产生我们熟悉的人际的、文化间的伦理中的所有问题。例如，我们怎样平衡另一种文化中适当的东西去运用到它自己的实践中，而反对我们尊敬和担当的伦理法的需求使其成为普遍性的呢？尊重他性并非禁止干预他者的事务，但它打消任何可能用算术方法解决那些问题的想法。那些问题只能作为特定的、独特的事例来处理。❶

　　这听起来似乎是只有一种反应，才能对包括艺术品在内的独特他者做到充分的公正。事实并非如此，这不仅是因为在特定语境中责任经常对他者作到公正，那也意味着不同的反应在不同的时空中是适当的。即使我们考虑到在特定情景中，对一部作品做出反应的一个特定个体，也有许多对作品做到公正的方式。而如果只有一种方式，在某种意义上，那也一定是从作品、个体和语境中推论而来的。在这种逻辑和支配着作品创新的逻辑之间没有区别，艺术家对主导条件和先前创新的反应，如果它是创造性的而不是机械性的，那么如我们已论述过的那样，它远不是只可能有一种反应。然而，对一部独创性作品的体验或对一部作品的反应，经常只有一种是最贴切的，似乎没有其他的替换会是成功的。

---

❶　有一种讨论他者的方式，是把它看作需要一种义务而理解的法律。它从来不会被明确表示，而只在特定的、可变的法律以及法律故事中表示出来。一个著名的作为他者的法律表现，是卡夫卡的寓言《法律门前》（*Before the Law*）。参阅德里达与此同名的文章，它全面重述了这个寓言（文学行动 [M]. 德里克·阿特里奇，编. 纽约：劳特里奇出版社，1992：183-220）。

　　因此，负责地阅读一部文学作品，就是不把作品可能的用途放置在一个网格中的阅读；例如，把作品看作历史证词、道德训诫、真理路径、政治灵感或个人激励的阅读。负责的阅读也不会把判断传递给作品或作者（尽管在其他语境中，作出这种判断可能是非常重要的），这是信任阅读中的不可预测性和向未来的开放性。当然，负责的工具性（或许带着修饰的方法或目的）可能也会跟随着这种阅读。某种程度上，阅读文学批评、文学哲学或文学史，总带有几分文学体验的特性。下列情况也是一样：准备受到作品的挑战，对作品的独特他性保持警觉，关注作品通过流动的和有意义的形式、主题再现、概念论述的运作方式，这些都会产生一种更充分和更负责的反应，也会产生一种在未来增强变化的可能性。文学阅读的伦理与一种文字世界中的性情、习惯和存在方式相比，不是关于每次阅读中作出某种努力的事情（事实确实如此，包括摆脱阅读自身的努力）。在这种意义上，做一个好读者和一个好人之间没有必然的联系，这就像成为一个好艺术家和一个好人之间没有必然的联系一样。然而，在这两种范围内，还是有一些相同的价值在发生作用。

　　语言（以及其他任何文化素材）的所有创造性塑形，在一种宽泛的意义上，都提出了可以叫作伦理的这种要求。发现自己阅读一部独创性作品，就是发现自己服从了某种义务——尊重作品的他性，对作品的独特性作出反应。在努力通过把作品与熟悉的甚至是功利的东西联系起来理解作品时，避免把作品简化为熟悉的甚至是功利的东西。文学作品提出的特殊伦理要求，不能视为与作品人物或作品情节是同一的，不能视为与作品描述的人际交往和人际判断是同一的，也不能视为与作品描写的善恶或区分善恶的困难是同一的。所有这些都能够在其他话语中找到，比如在历史写作或新闻报道中。这不是文学具有提供道德教育功能的问题，那种功能在其他类型的写作中都是共有的一个特性。❶ 在一定程度上，文学作品中能够发现的东西是作品基本过程的表演，由此语言作品迫近我们和世界。文学作品要求一种对那些过程的形式技巧做到公正的阅读，一种在表演、落实行动或落实表演的意义上的阅读。这种阅读既是积极约定也是放手，还是热情友好的对他者的拥抱。

因此，在任何文学表义的行动中都有一个伦理维度，也有这样的一种意义，即形式上革新的作品是最疏远了读者的作品，也是最强烈地挑战（不是最深切地体现）了伦理要求的作品。形式革新（在文学上重要的那种革新）是意义运作方式的一种审查，因此是一种伦理实验。把文学作品的要求看作他者的要求来作出反应，就是把它处理成一个唯一的事件，而事件的发生是一种呼吁、挑战和义务——理解你对我的不理解，翻译我的不可译，用心学我并因之学习栖居于心的他性。❷这意味着搁置所有那些细致的应用编码和惯例并且重塑它们，甚至在作品证明了它们受限于其范围时也使它们发生。列维纳斯把读者与

---

❶　就文学价值"作为生活装备的文学"（肯尼斯·伯克的一篇文章的标题）的分析与评价来说，它有一个悠久的、可尊敬的传统。玛莎·C. 努斯鲍姆（Martha C. Nussbaum）现在是这个传统中最著名的一员（参阅：《爱的知识：哲学和文学随笔》，牛津大学出版社，1990）。许多作家已经拥有不同寻常的选择如何面对个体与社会的智慧（那种智慧有时只能在作家的文学作品中出现），我们也能够从他们的作品中体验到许多东西，就像体验表现在散文家、道德家、历史学家、传记作家、哲学家、神学家写作中的具体的人的处境一样。然而，这种价值不是文学与众不同的特性。

❷　这里我是回应德里达的《诗歌是什么?》这篇较短的文章。

他者的关系看成是人质与劫持者的关系，他强调了我在被他者召唤时的随机性——不是因为我之所以是我，而是因为我在特定时空中碰巧是我。❶

但是，他者也是脆弱的，它需要我的保护，要有"舍弃的"使用列维纳斯的词语。他者的力量存在于他者的脆弱之中。对于文学能够产生的所有力量来说，如果文学离开了读者（负责的读者），那么它就一无所得。（当然，也有一种由作品、阅读作品的方式所操作的力量，它服务于维持和加强读者原有的理解模式与情感模式。我对"文学"这一术语非常特殊的运用，不会把其适用范围扩展到这样的文本或这样的阅读方式。有些批评家——我之前提到了理查兹——已运用"套版反应"和"多愁善感"之类的术语，来描述这类写作和这类反应的特征。）为了免得这一切听起来有点过于艰涩，让我重复一下我的主张——正是在那种对他性的理解中和他性所提出的要求下，才能够体验到文学反应的独特愉悦，而且，那种愉悦超出了从新信息、感官图形、记忆刺激、道德例证等中获得的愉悦。

---

❶ 他者的这种任意召唤，能够与路易斯·阿尔都塞所论述的由意识形态驱动的质询作一对比。那种意识形态是一种图式，它可能与不涉及责任的文本相联系时是一个好模式（路易斯·阿尔都塞．意识形态和意识形态国家机器：研究笔记[M] //列宁与哲学及其他文章．本·布鲁斯特，译．纽约：每月评论出版社，1971：127-186）。

第十章

日常的不可能性

　　以一种自我反思性的姿态，还有试图描述写作行动中的写作行动的努力，并作为一个可能的独创性的小例子，我撰写了本书的主要章节。然而，在我描述独创性事件时用到的术语，在把他者引入同一领域的行动中对它的独特性作出的反应，以及主体和文化依存的理智和情感基础的变化，听起来可能像一个极其艰苦而难以完成的任务。这种独特事件的意义，怎样能够与我所说的创新的发生相一致呢？大量的艺术品显示了独创性，许多其他的写作、说话、动作、思考的事件也显示了独创性。

　　在创新总是超乎寻常事物的意义上，在创新总是抵制依据常规的解释的意义上，创新经常是一个奇迹。同理，在创新发生的时候我们无法观察到它。但是，我们可以从独创性效果的多样性中来推论，那种效果在"不寻常的"的意义上并不是非同寻常的。在我的讨论中，假如创新变得听起来像一个极为罕见的且具有相当重要性的事件，那么造成这种印象的原因，部分是一种不可避免地放大了其结果的原因所致，它发生在充分描述和详细思考那些飞逝的体验之中。那种印象也是思想误判的结果。

　　有一个普遍被认同的幻象，认为人类积累起来的知识已达到了人类所需知道的健康比例。这并没有多少人准备去估计它，但我们的言行似乎是说它很好地越过了中点标志。但知识的积累史和知识获得者的自信表明，如果这个过程是可以结束的，那么再好的预计也是很小的一部分。心智与心智产品无法豁免于这种幻象。前几个世纪对艺术品以及艺术品的创造和接受过程的大量评论，使我们觉得几乎对那些作品完成了的大量评论，而事实上也许只是触及到了作品以及使作品可能发生的、丰富细节化和复杂有机化的心灵系统与程序的表面。但在我们的谈论和书写中，似乎能够恰切地阐明作品中的大量东西。随便举个例子，人们对《仲夏夜之梦》已经有许多评论。但是，如果文化一直在变化，那么对《仲夏夜之梦》的评说就不会结束，并会发现那些评说也是有价值的，而目前已经作出的评说只是沧海一粟。后见之明能够让我们看到独创性的艺术家们，通过发现他人看不到的机会，如何利用了他们时代类属形式的、广泛文化语境的语言状态。但我们从这种情况中学不到任何东西，只可惜不能预测那些艺术家们将来会做些什么。只要媒介起源的文化环境对每一代人来说一直是不同的，那么任何媒介的潜力都是无限的。

当我们充分考虑到心智和心智的许多产品都是极其复杂和相互关联的，并且其力量、可能性、节点和倾向性经常是一个可变场域的时候，认知创造性与独创性的日常性就会变得容易一点，它发生在从瞬间延伸到永恒的范围内。当我谈论习惯性框架的时候，由此我们是在处理被独特的表演所改变了的世界存在，但这不是说一切东西突然看起来与众不同。例如，对拥有独特他性事物的一种创造性反应是大笑一声，这是一种爆发性的、物理—心理的对一个人或一部作品的文化素材的独创性并置或融合的确认。尽管有许多种对大笑的解释，但没有一种能够说明或预测它在何时何地就会发生。这不仅是因为我们分析工具的无力，而且是因为大笑完全依赖于不可预测性。笑声是对独特事件的事变性反应。

实际上，任何写作模式都可能是独创性的。任何种类的艺术创造、哲学或数学思想、科学进步、文本的阅读甚至任何政治或人际关系中的实用概念化，都可能是创造性的。一种非事先想过的行动（如慷慨的行为、手术刀的移动、球类运动中的一次击球）都可能是创造性事件。在艺术家创新时刻引入的他者，可以是感知自然或者领会爱情的崭新方式，也可以是处理英雄偶句诗的不同方式或者把握韵律类型的新颖途径。人们认识到对他者创造性的、负责的反应性不是稀罕的现象，而是日常生活结构的一部分。作为一个在实践中的伦理事例，列维纳斯喜欢给出"您先请"由此邀请某人先于我而进屋。这个例子很明显会引起争论，但它能够被认真地对待。在客气的敬重表述中对固有他者最低限度的承认，可能包含一点点伦理和非常轻微的创造性冲动。这或许是一种姿态或一个表情的发现，使我的同伴感觉到高兴和安心。这不是被看作一个熟悉的伙伴，而这个瞬间对我来说，是作为一个独特的他者而言的。

严格看来，对所有独创性事件的日常性来说，独创性事件是不可能的。同一中他者的侵入，不会也不可能毫无问题地融入任何解释性框架之内，并通过那些框架我们就能够描述那种可能性的特性。这就是我把它称作奇迹的原因，当然这里没有任何宗教性含义。最有独创性的解释，经常证明是缺乏必须作出说明的中央事实的。我一直叫作"他者"的新东西，进入根据人类的经验或知识已建构的、正在建构的文化领域并改变它。从前意识或无意识中持有的素材方面来说，他者也许是心理化的；从间接被感知的文化遗产方面来说，他者可能是社会化的；而从神性的介入方面来说，他者还可能是神学化的。这些解释或别的解释，无论它们多么有效，都无法诉求拥有可预测的能力。它们无法事先陈述独创性行动何时会以何种方式发生，谁将是独创性的，或者创新是由什么组成的等问题。这并不是因为这些话语缺乏必要的力量和精确度，而是因为能够被充分阐

197

释、规划和预测的创新就不是一种创新。任我们处理的话语可能无形中会提供一种理解一切独创性行动——精神构成、文化基质、原因论和目的论——的方式，但它们还是不能回答这个决定性的问题，即当我们拥有的一切是我们拥有什么的时候，新奇和他者是如何形成的？就像斯坦纳所说："如何才有可能与众不同地思考？"他认为这是"认识论中最具有挑战性的一个"问题，也是一个已经收到"只是转瞬即逝的、通常依照惯例的通知"的问题。❶

在前几章中，我一直尝试论述一系列术语之间的相互关联，从而使对这一问题的讨论更有成效。很明显，它们的意义和有效性依靠那种相互关系。艺术品的独特性不仅是不同于其他作品的事（这一特性我叫作"唯一性"），而且是一种变革性的差异。也就是说，那种差异包含着他性侵入到了文化领域。这种独特性和他性的结合，由独创性得到了进一步说明，作品通过事件和行动，作为作者化了的实体而开始存在。在所有能够被如此特征化的创新中，艺术品的独特之处在于它们提出了一个表演的要求。在那种表演中，作者化的作品的独特性、他性和独创性，作为一种语言多重力量的利用，在当下和创造性的、负责的阅读中得到体验和确认。但我一直在强调，这种意义上的表演，既是表演，也是被作品表演。由此，阅读（因此也是作品）的事件性是至关重要的。

虽然我已经强调了任何独创性的艺术品，是通过把他性引入同一的领域，重塑了文化规范、文化习惯以及我所说的个体文化，但我没有论述那种重塑的内容以及它为什么应该得到重

---

❶ 乔治·斯坦纳. 创造的语法 [M]. 伦敦：费伯出版社，2001：122.

视。审美思想史中包含许多诉求，试图说明原创性艺术（完全不同于仅仅新奇的东西）给这个世界带来了什么，而我一直似乎令人费解地避免作出这样的诉求。如果独创性能够带来更多的独创性，我只是论述了它能够那样被感知（以及含蓄地被尊重）。为什么这是一个值得拥有的过程呢？

答案存在于他性与他性改变了的场域之间的关系之中。通过创新进入文化中的他性，我已论述了它不是一个事先存在的实体，它不会存在于已知之外的某处，或者与已知毫无联系。相反，在从小范围到大范围的重塑事件中，在由个体或群体对文化的矛盾、超定、边缘化、隔阂与张力的利用中，他性就会显露出来。❶ 在谈到他者被承认时（这意味着框架改变过程的目的是为了他者能够被承认），他者揭示一种文化或文化的主体所没有意识到的现实或真相，而没有意识的原因远不是任意的。那种未遮盖的现实可能是令人愉快的，也同样可能是令人不快的甚至是危险的。它的包藏可能是为了当权者的利益，就像审查制度史中所揭示的那样，它在政治上可能不会得到国家当局的接受，它可能拥有的价值以功利的术语无法来测量。然而，文化稳定性中隐含价值的显现，一直休眠的多产性种子的萌芽，曾经关闭的可能性的开放，本质上是（无论是多么冒险）慷慨的行为，特别当这一过程是连续不断的并允许可变的规范与习

---

❶ 我们从来不会确切地知道，文化条件在多大程度上能够使这样或那样的艺术作品或文类变革成为可能，但是对创新过程的理解能够导向对新形式出现时的详细的、启发性的历史研究。其中一个例子是迈克尔·麦克恩（Michael McKeon）对英语小说起源的研究，虽然他的研究和我使用的术语不同，但他记述了英语文化中的文化张力与矛盾，正是它们才使小说的创新成为可能（它们也许是非常必要的）（英语小说的起源：1600 - 1740 [M]. 巴尔的摩：约翰·霍普金斯大学出版社，1985）。

惯沉淀的时候。因此，没有单一的主导结构和排外结构。

创新的伦理会提出不可能的要求。不仅不可能设想我能明确地为其负责的他者，从而允许我事先了解我该承担多少责任，而且我含有的大量（事实上是无限的）责任，都在它们的要求中是绝对的和直接的。而负责的创新每天都在发生，不仅是不顾这种多重的不可能性，而且正是因为那种不可能性它才能够发生。如果有可能拥有作为独特他者的他者的纯粹概念性知识，来预测或生产他者的来临，那么他性和独创性也就不存在了。如果我能够计算、分摊和履行我的所有责任，那么就不会有责任和伦理这样的事了。如果文学作品和我们对它们的反应可以事先编程的话，那么独创性的文学和独创性的文学批评都将不复存在。

我不能为一种新批评模式开出一个配方，但是文学作品最好的评论经常以它们的独特性和独创性使我们感到惊奇，而且以后也经常如此。然而，我建议对作为事件的文学作品要努力做到公正，欢迎他性，承认艺术家的独特签名，独创性地对创新作出反应，同时结合对所有那些术语的质疑（那些术语建构了作为一个客体的作品）。这一切就是增加了获得一种重要批评实践机会的最好方式。

另外，确认文学独特性的其中一种方式，就是说文学在西方文化的理解模式和实践方式中占用了他者的位置。（当然，不只是它一个占用了这个位置。）我在本书中已做的事情，与我在书中所列举的把他性转化为熟悉性、并作为同一的一部分而容纳他者的许多例证并没有什么不同。但是，我希望在我们平常的文学理解与艺术解读中，能够更普遍地做到我已表达和传达出的一些张力和滑动的意义，也希望我的努力调节已经对这一领域本身有了某种影响。正如我多次说过的那样，同一在他者侵入之后就不再是同一。

但更为重要的是，就像艺术品经过好多世纪的多次阅读，依然会保持它们的独特性和他性一样，这恰好因为它们是不纯粹、不封闭和不断变化的，文学及文学观念不会被某本书或某种理论所驯化。同样对文学的东西而言，它是不纯粹的，没有固定的边界，易于受污染和嫁接，是一个事件而非一个实体或概念。我试图在论述和描述的语言中来传达文学的本质，当然已经是失败了。但是，作为在阅读事件中传达的事件，这种失败本身提供了文学持久性和持续性的证词。负责地确认文学的独特性，既是从当下的有利位置出发，分析出现了什么可分析的东西，也是承认（就像我在本书中一直努力做的那样）那一事业不可避免的甚至生产性的限制因素。

借鉴与说明

　　像在这样一本书中试图指出我知识上的借鉴，一定是不恰当的。40 年里的阅读和倾听，在一个密集的重写本上留下了踪迹，而更多地陷入了无从的记忆之中。但是，这也许是有用的，把我最能想起的那些表示出来，不完美而感激地承认本书中所体现的思想，一定程度上是源于他人的思考。我也想给读者提出一些建议，在什么地方就我已论述的问题可再作进一步思考。如果本书中的一些讨论为文学上的争论作出了独创性贡献，正如我一直所说的，这不是因为我已抓住了一个绝对新颖的观念（而它还漂浮在其他人的知识领域之外）或者说它无中生有地表演了创造般的魔力功效，而是因为我已吸收的大量论点和看法。它们既提供了思考的基础，也产生了源于我的思考中新东西出现时的冲突和分歧。不言而喻，为了一种文学的理解，我自己论述某种情况的努力将会有它的盲点、张力和缺口。即使没有疏忽最重要的问题，我也意识到存在一些问题。读者有最好的视角来评说本书的缺陷，从而激励他们作出自己的独创性行动。

　　我想到的最多借鉴是来自雅克·德里达的思想，首要的是他已出版的著作，也有他在大量演讲、研讨会、信函及私人会谈中表述的观念。在过去的 35 年里，德里达的著作建构了我们时代文学的最重大、最深远和最具独创性的重要考察。❶ 列举出我认为影响了本书写作的所有已出版的德里达著作是没有意义的，我能做的只是挑选出与我在本书中的论述最直接相关的几本，以供对这一论题感兴趣的读者参阅。我在 1992 年编写《文学行动》时收集了一些德里达的著作，包括《论文字学》

---

　　❶　没有什么能比一种概念离真理更远，德里达的著作不仅由新闻工作者而且由一些著名的文学批评家所传播，他们应该更清楚他的著作也建构了对文学的攻击。

（pp. 76-109）中的"……危险的增补……"、《播撒》（pp. 127-
180）中的"首次交易""法律面前"（pp. 183-220）、"尤利西
斯的留声机：听乔伊斯许诺"（pp. 253-309），还包括也许最深
刻地激励了我对文学和他性作出进一步思考的"心灵：他者的
创新"（pp. 311-343）。我与德里达的访谈内容，以《称作文学
的奇怪建制》（《文学行动》，pp. 33-75）之名出版，它从来是
一个丰富的灵感来源。我对伦理和责任问题的思考，不同于我
在阅读《死亡的礼物》之后的感受。其他深刻影响了我对文学、
文学与伦理关系的思考的德里达作品是：《他性》"后记""法
律的力量""诗歌是什么？""激情"《迷阵》《马克思的幽灵》
"秘密的文学"和"自我启封式诗歌文本"。

　　我不想在这里列举关于德里达的二次作品或更一般的关
于解构的作品，而我发现它们也很有价值，我愿意推荐给读
者去阅读。我只在这里挑选一些人的名字，排列顺序是随机
的，他（她）们是：穆德·艾尔曼（Maud Ellmann）、罗伯特·
扬（Robert young）、杰弗里·本宁顿（Geoffrey Bennington）、大
卫·卡罗（David Carrou）、乔纳森·卡勒、托马斯·基南、塞缪
尔·韦伯、佩吉·卡穆夫（Peggy Kamuf）、芭芭拉·约翰逊
（Barbara Johnson）、大卫·威尔斯、佳亚特里·斯皮瓦克、玛丽
安·霍布森、希利斯·米勒、理查德·兰德、鲁道夫·加谢
（Rodolphe Gasché）、黛安娜·伊拉姆（Diane Elam）、让-米歇
尔·拉巴特（Jean-Mvchel Rabaté）和尼古拉斯·罗伊尔。非常幸
运的是，在我的书架上不仅有这些学者的著作和文章（在本书的
参考书目中我只列出了这些学者的一部分著作），而且我与他
（她）们以多种方式保持了长期的友谊，并从中受惠良多。

　　我对文学文本的阅读也深刻影响了此书的写作。我能够列

举出几十部那样的作品，但相比之下有一些作品显得更加突出，它们不仅作为文学的事例，还作为对我已提出的问题（特别是对他者的责任问题）的令人信服的展示，那就是约翰·马克斯维尔·库切的小说。库切的非虚构作品对我也有巨大的价值，特别是《双重视点》中大卫·阿特威尔的访谈、随笔《坦白和双重思考》和多体例作品《伊丽莎白·科斯特洛》。我在本书前言中说过，我最初想写一本把对库切写作的讨论和文学的论述结合起来的著作，但那些讨论已在《库切与阅读伦理》中得到了表述。詹姆斯·乔伊斯的作品也激励我思考了很长一段时间，在《乔伊斯的影响》中记述了一些我阅读时的感受。

对我们的要求而言，理解他异性对理解文学作品是至关重要的，关于这一点的领悟我得感谢伊曼纽尔·列维纳斯。在他所有的作品中（包括他去世以后出版的大量作品和译作），《整体与无限》这本书对我来说，一直是最充分地表达了他对伦理领域富有挑战性思考的一本。然而，借助他在《存在之外》中提出的问题的再思考，特别是借助他在《整体与无限》中对"言说"与"所说"之间作出区分的苦心思考，此书也是需要增补的。我应该补充说我对列维纳斯思想的挪用，是非常有选择性的，他自己对文学和艺术的讨论也不会与我的讨论走在同一个方向上。比如，在《整体与无限》（p. 203）中，列维纳斯认为"诗歌活动"是一个需要扰乱的迷人韵律。他对文学的极端观念，在《现实及它的阴影》和《保罗·策兰：从存在到他者》两篇文章中也显示出来，前者令人惊讶地表现出极富柏拉图式的艺术观念，后者对那位诗人作出了过高的评价。我自己的观念更接近于贝纳斯科尼和克瑞治利在《重读列维纳斯》导言中提出的建议，那可能是一种列维纳斯式的解释学——"也许被重读的意愿所定义，因为没有兴趣把文本的内容蒸馏成一种'所说'"（Ⅵ）。

在阅读列维纳斯令我颇费思量的作品时，大量相关的评论给予我许多帮助。我在这里只列举德里达的《暴力与形而上学》一文，这篇文章极大地建立了列维纳斯作品的重要性，同时描述了其中存在的一些问题。列维纳斯逝世以后，德里达的赞词《永别了，伊曼纽尔·列维纳斯》和吉尔·罗宾斯的《变异的阅读》，都是对列维纳斯思想中文学位置的最好研究。迈克尔·埃斯金的《伦理与对话》，在讨论诗歌关系时以巴赫金的对话主义照亮了列维纳斯关于伦理的表述。读者和作品之间、每一种被形塑的文化视野之间的对话关系，也是伽达默尔把理解和解释的历史条件作为事件而详细描述的一种特性。特别是本书具有伽达默尔的《真理与方法》以及他的随笔《美的相关性》的踪迹。

曾经深刻地探索了文学问题的作家是莫里斯·布朗肖。虽然他的散文并不是最容易去解释的，但我经常发现他的作品在解释文学的时候，暗示出一种令人不安的特性。我经常查阅他的《文学空间》《无限的谈话》和《灾难的写作》等作品。让-弗郎索瓦·利奥塔的许多作品也一直富于启发性，尤其在思考事件时，《后现代状况》《差异》《被解释的后现代》和《公正游戏》给予我许多帮助。利奥塔在讲英语的评论家中也是幸运的：杰弗里·本宁顿的《利奥塔：书写事件》和比尔·里丁斯的《利奥塔简介》不只是对利奥塔的介绍性书籍。

西奥多·阿多诺表述了一个非常与众不同的思想传统；但毫无疑问，他的《美学理论》是20世纪讨论艺术实践和艺术反应的最重要文献之一。我发现自己对这本书的苦苦思索也极富有成效，此书对艺术生产和艺术接受中的历史情境性的坚持，不断地鼓舞着我的思考。阿多诺一直主张现代艺术是抵制、同时也是来源于包围着它的行政理性和工具理性的，这一点对我产生了很大的影响。我对伯恩斯坦的《艺术的命运》的阅读，使我完善了本书的撰写，它在讨论审美现代性时既明晰又让人放心，它情境化了阿多诺，又与康德、海德格尔和德里达有关。

严格说来，阿兰·巴迪欧不应被列进这个借鉴的名单，因为在我构想出本书的论点以后，我才逐渐理解了他的作品。然而，当我真正开始阅读他的作品特别是《伦理》这本薄书时，我发现此书与我的观念有很大的相似点。这使我很难不提及他，虽然到最后我们的观点之间的差异还是远大于相似之处。

关于艺术、审美和文学的许多其他论述的回应，在本书中非常明显。康德的《判断力批判》把美（还有崇高）的观念与客体分离开来，而把美归因于主体（在限定性意义上不会使它主观化），这开动了本书（只是一个后来的衍生物）中的艺术分析。康德关于天才的论述，是后来人们思考艺术创造性难题的源泉，这对我来说也是一样的情况。许多评论家对康德的研究也帮助了我的理解，我特别想提到的是塞缪尔·韦伯在《矛盾意向》中对反思判断的清晰论述，它以不同于俄国形式主义和布莱希特理论的方式，根据由一种来源于形式过程的自我疏离所产生的效果描述了文学的重要性。托尼·贝内特的《形式主义与马克思主义》一书，很久以前我就读过它。以上著作都对我的论述产生了重要影响。我经常追溯到海德格尔的论述，很大程度上记得我从中发现的那些烦扰的东西。只有重新发现那些程式，它们一定是长期以来悄悄地影响了我的思考。特别是在他后期的许多作品中，以及在《艺术品的本源》中关于"作品的工作特性”与创造、“被造”的论述中，还有他对艺术，尤其是诗歌的强调。毫无疑问，多年来我对维特根斯坦的著作（尤其是《哲学研究》）和对此的评论的阅读，已经对我产生了影响，特别是让我在寻求封闭性定义时变得谨慎小心。在清晰地表达分析哲学与大陆哲学传统之间的一般基础时，我发现特别有价值的一本书是亨利·斯塔恩的《维特根斯坦与德里达》。

几十年前，萨特在《文学是什么?》中提出了阅读中的创新问题。罗兰·巴特长期以来一直是一个令人愉悦的激励源泉，很难挑选他对于本书特别重要的著作。也许最与本书相关的是《明室》，它在“知点”与“刺点”之间作出一个有问题的但启发性的区分。❶ 另一个巴特式的区分——“意指”（作为过程）和“含义”（作为存在物），很久以前就嵌入了作为事件的文学意义观念中（“文本理论”，pp. 37-38）。米哈伊尔·巴赫金在《走向行动哲学》一书中，强调了与拨动一根琴弦密切相关的行动与责任的“一次发生的唯一性或独特性”（p. 13）。米歇尔·福柯的著作，特别是《知识考古学》中的论述，帮助我对历史学中事件地位的思考变得清晰起来。保罗·德曼的许多作品具有挑战性、刺激性和鼓舞性，也许对我的思考最具有深刻影响的是他的《抵制理论》这本书。在希利斯·米勒的《阅读伦理》中，他跟随德曼式的论证，激励我对文学作品的诉求问题作出自己的思考。我感觉到任何特定文化形构中都有压力和排

---

❶ 我在《罗兰·巴特迟钝而灵敏的意义与批评的责任》（收录于：罗兰·巴特之后书写形象 [M]. 让-米歇尔·拉巴泰，编. 费城：宾夕法尼亚大学出版社，1997）这篇文章里，论述了这本书与当下的争论之间的一些联系。

外的东西，虽然这主要来源于德里达对延异和踪迹的论述，也已被弗雷德里克·詹姆逊在《政治无意识》中加深了对这种隐藏张力的政治维度的分析。

　　详细论述了阅读理论的学者是沃尔夫冈·伊瑟尔，我与他的观点有一些相似之处。在《隐含的读者》和《阅读行动》中，伊瑟尔根据罗曼·英伽登和约翰·杜威的观念，强调了文学文本的阅读方式（特别是由文本中呈现的空白所刺激的活动），可能会引起我们悬置作为主体而建构了我们的习惯［特别参阅他的《隐含的读者》（p.291）和《阅读行动》（pp.131-134）］。汉斯·罗伯特·尧斯论述了在不断变化的文化语境中文学作品不断变化的意义，这是一种依据历史发展看待文学作品的观念，可参阅他的《走向接受伦理》一书。斯坦利·费什早期的论题"感受文体学"，强调了语言意义的事件性（参阅：读者中的文学：感受文体学［M］//自我消受的制品：17世纪文学的经验．伯克利：加利福尼亚大学出版社，1972：383-427）。费什在他的一系列作品中，抵制把他性作为一种变化动力的任何绝对观念，这在相反的意义上帮助了我的论述。蒂莫西·克拉克的《灵感理论》，根据西方文化史上许多亲历者的说法，指明了创造的"行动-事件"特征，这对于连贯的主体性断裂问题是一个很有价值的论述。我也发现克拉克的《德里达、海德格尔与布朗肖》一书非常具有启发性。让-雅克·勒塞克勒的一系列著作，如《镜中哲学》《语言的暴力》《无义的哲学》和《作为语用学的阐释》等，多年以来给我许多教导和激发。克日什托夫·齐亚雷克对"艺术的力量"（参阅他关于这一论题随处可见的著作）的论述，以令人感兴趣的方式与我的论述有许多相似之处。

在本书完成以后，我重读了多年没有再阅读的路易斯·M.罗森布拉特的《读者·文本·诗歌》，发现她对"交易性阅读"的论述，许多与我把阅读看作表演的论述相一致。乔治·斯坦纳的《创造的语法》和彼得·德·波拉的《艺术的重要性》这两本书，在我写完本书的部分章节后才阅读它们。但令我欣慰的是，我所思考的问题在当代具有非常重要的意义，尽管我的方法和结论与他们的相比有很大的不同。在《创造的语法》中，有时以非常相似的术语，论述了我也思索的关于创新的许多难题，而在《艺术的重要性》中，我认识到作者努力对艺术品关于独特性、独创性体验的重要性的详细描述，在许多方面与我的论述是一致的。

参考书目

A

[1] 西奥多·阿多诺.美学理论［M］.格雷特尔·阿多诺，罗尔夫·蒂德曼，编.罗伯特·霍勒-肯特，译.明尼阿波利斯：明尼苏达大学出版社，1997.

[2] 路易斯·阿尔都塞.意识形态和意识形态国家机器：研究笔记［M］//列宁与哲学及其他文章.本·布鲁斯特，译.纽约：每月评论出版社，1971：127-186.

[3] 亚里士多德.古代文学批评·诗学［M］.D.A.拉塞尔，M.温特波顿，编.牛津：牛津大学出版社，1971：85-132.

[4] 德里克·阿特里奇.解构与虚构［M］//尼古拉斯·罗伊尔.解构：用户指南.贝辛斯托克：帕尔格雷夫出版社，2000：105-118.

[5] 德里克·阿特里奇.创新、文学、伦理与他者的关系［J］.美国现代语言学协会会刊，1999（114）：20-31.

[6] 德里克·阿特里奇.库切与阅读伦理：事件中的文学［M］.芝加哥：芝加哥大学出版社、彼得马里茨堡：纳塔尔大学出版社，2004.

[7] 德里克·阿特里奇.乔伊斯的影响：论语言、理论和历史［M］.剑桥：剑桥大学出版社，2000.

[8] 德里克·阿特里奇.语言模式与应用［M］//拉曼·塞尔登.剑桥文学批评史·第8卷 从形式主义到后结构主义.剑桥：剑桥大学出版社，1995：58-84.

[9] 德里克·阿特里奇.独特的语言：作为差异的文学，从文艺复兴到詹姆斯·乔伊斯［M］.伦敦：劳特里奇出版社，1998；再版，2004.

[10] 德里克·阿特里奇.诗歌韵律导论［M］.剑桥：剑桥大

学出版社，1995.

[11] 德里克·阿特里奇.英语诗歌的韵律 [M].伦敦：朗文出版社，1982.

[12] 德里克·阿特里奇.罗兰·巴特迟钝而灵敏的意义与批评的责任 [M] // 让-米歇尔·拉巴泰.罗兰·巴特之后书写形象.费城：宾夕法尼亚大学出版社，1997：77-89.

[13] 德里克·阿特里奇.文字和其他：无形式的形式 [M] // 玛丽-路易丝·马利特.边境通道：雅克·德里达之旅.巴黎：加利利出版社，1994：53-55.

[14] J. L. 奥斯汀.如何以言行事 [M].2 版.牛津：牛津大学出版社，1975.

B

[15] 阿兰·巴迪欧.伦理：一篇理解邪恶的文章 [M].彼得·霍尔沃德，译.伦敦：韦尔索出版社，2001.

[16] 阿兰·巴迪欧.等着瞧吧 [M].巴黎：塞伊山版社，1988.

[17] 米哈伊尔·巴赫金.走向行动哲学 [M].瓦季姆·利亚帕诺夫，迈克尔·霍奎斯特，编.瓦迪姆·利亚帕诺夫，译.奥斯汀：德克萨斯大学出版社，1993.

[18] 罗兰·巴特.明室：摄影思考 [M].理查德·霍华德，译.纽约：希尔与王出版社，1981.

[19] 罗兰·巴特.文本理论 [M] // 罗伯特·扬.解开文本：后结构主义读者.伦敦：劳特里奇出版社，1981：31-47.

[20] 理查德·比兹沃斯.德里达与政治 [M].伦敦：劳特里奇出版社，1996.

[21] 沃尔特·本杰明.灯饰 [M].汉娜·阿伦特，编.哈里·

佐恩，译．伦敦：柯林斯/丰塔纳出版社，1973：69-82.

［22］托尼·贝内特．形式主义与马克思主义［M］．伦敦：梅休因出版社，1979.

［23］杰弗里·本宁顿．打断德里达［M］．伦敦：劳特里奇出版社，2000.

［24］杰弗里·本宁顿．立法：解构政治［M］．伦敦：韦尔索出版社，1994.

［25］杰弗里·本宁顿．利奥塔：书写事件［M］．纽约：哥伦比亚大学出版社，1988.

［26］罗伯特·贝尔纳斯科尼，西蒙·克里奇利．重读列维纳斯［M］．布卢明顿：印第安纳大学出版社，1991.

［27］J. M. 伯恩斯坦．艺术的命运：从康德到德里达再到阿多诺的审美异化［M］．宾夕法尼亚州立大学出版社，1992.

［28］莫里斯·布朗肖．无限的对话［M］．苏珊·汉森，译．明尼阿波利斯：明尼苏达大学出版社，1993.

［29］莫里斯·布朗肖．文学空间［M］．安·斯莫克，译．林肯：内布拉斯加大学出版社，1982.

［30］莫里斯·布朗肖．灾难的写作［M］．安·斯莫克，译．林肯：内布拉斯加大学出版社，1986.

［31］韦恩·布思．我们拥有的伙伴：小说伦理［M］．伯克利：加利福尼亚大学出版社，1988.

［32］豪尔赫·路易斯·博尔赫斯．迷宫：故事选集及其他［M］．唐纳德·A. 耶茨，詹姆斯·E. 艾比，编．纽约：新方向出版社，1964.

［33］皮埃尔·布迪厄．区分：批判力的社会批判［M］．理查德·尼斯，译．剑桥：哈佛大学出版社，1984.

[34] 皮埃尔·布迪厄. 艺术的法则：文学场的生成和结构 [M]. 苏珊·伊曼纽尔，译. 斯坦福：斯坦福大学出版社，1996.

[35] 肯尼思·伯克. 作为生活装备的文学 [M] //文学形式的哲学. 3 版. 伯克利：加利福尼亚大学出版社，1973：293-304.

C

[36] 大卫·卡罗尔. 反美学：福柯、利奥塔、德里达 [M]. 纽约：梅休因出版社，1987.

[37] 蒂莫西·克拉克. 德里达、海德格尔与布朗肖：德里达观念之源与文学实践 [M]. 剑桥：剑桥大学出版社，1992.

[38] 蒂莫西·克拉克. 灵感理论：浪漫主义和后浪漫主义写作中的主体性危机 [M]. 曼彻斯特：曼彻斯特大学出版社，1997.

[39] J. M. 库切. 铁器时代 [M]. 伦敦：塞克和沃伯格出版社，1990.

[40] J. M. 库切. 少年时代：来自省城生活的情景 [M]. 伦敦：塞克和沃伯格出版社，1997.

[41] J. M. 库切. 坦白和双重思想：托尔斯泰、卢梭、陀思妥耶夫斯基 [M] //双重视点. 251-293.

[42] J. M. 库切. 耻 [M]. 伦敦：塞克和沃伯格出版社，1999.

[43] J. M. 库切. 双重视点：论文及访谈 [M]. 大卫·阿特威尔，编. 剑桥：哈佛大学出版社，1992.

[44] J. M. 库切. 幽暗之地 [M]. 伦敦：塞克和沃伯格出版社，1982.

[45] J. M. 库切. 伊丽莎白·科斯特洛：八堂课 [M]. 伦敦：

塞克和沃伯格出版社，2003.

［46］J. M. 库切. 敌人 ［M］. 伦敦：塞克和沃伯格出版社，1986.

［47］J. M. 库切. 国家心脏 ［M］. 伦敦：塞克和沃伯格出版社，1977.

［48］J. M. 库切. 迈克尔·K 的生活和时代 ［M］. 伦敦：塞克和沃伯格出版社，1983.

［49］J. M. 库切. 彼得堡的大师 ［M］. 伦敦：塞克和沃伯格出版社，1994.

［50］J. M. 库切. 今日小说 ［J］. 上游，1988，6（1）：2-5.

［51］J. M. 库切. 陌路海岸：随笔 1986~1999 ［M］. 伦敦：塞克和沃伯格出版社，2001.

［52］J. M. 库切. 等待野蛮人 ［M］. 伦敦：塞克和沃伯格出版社，1980.

［53］J. M. 库切. 什么是经典？［M］//生人海岸. 1-19.

［54］J. M. 库切. 青春 ［M］. 伦敦：塞克和沃伯格出版社，2002.

［55］盖伊·库克. 话语与文学 ［M］. 牛津：牛津大学出版社，1994.

［56］保罗·克劳瑟. 艺术与体现：从美学到自我意识 ［M］. 牛津：牛津大学出版社，1993.

［57］乔纳森·卡勒. 论解构 ［M］. 伦敦：劳特里奇和基根·保罗出版社，1983.

D

［58］彼得·德·波拉. 艺术的重要性 ［M］. 剑桥：哈佛大学出版社，2001.

［59］保罗·德曼. 抵制理论 ［M］. 明尼阿波利斯：明尼苏达

大学出版社，1986.

[60] 亚瑟·C. 丹托. 寻常事物的变形 [M]. 剑桥：哈佛大学
出版社，1981.

[61] 雅克·德里达. 文学行动 [M]. 德里克·阿特里奇，编.
纽约：劳特里奇出版社，1992.

[62] 雅克·德里达. 永别了，伊曼纽尔·列维纳斯 [M]. 帕
斯卡莱-安妮·布拉特和迈克尔·纳斯，译. 斯坦福：斯
坦福大学出版社，1999.

[63] 雅克·德里达. 后记：走向讨论伦理 [M] // 杰拉尔德·
格拉夫. 有限公司. 埃文斯顿：西北大学出版社，1988：
111-160.

[64] 雅克·德里达. 难题：垂死-等待"真理局限" [M]. 托
马斯·杜图阿特，译. 斯坦福：斯坦福大学出版社，1993.

[65] 雅克·德里达. 诗歌是什么？：1974~1994 年访谈 [M].
伊丽莎白·韦伯，编. 斯坦福：斯坦福大学出版社，
1992：288-299.

[66] 雅克·德里达. 作家的身体之间（与丹尼尔·费勒访谈）
[J]. 创世纪，2001（17）：59-72.

[67] 雅克·德里达. 法律的力量："权威的神秘基础" [M] //
德鲁西拉·康奈尔，米歇尔·罗森菲尔德，戴维 G. 卡尔
森. 解构与正义的可能性. 纽约：劳特里奇出版社，
1992：3-67.

[68] 雅克·德里达. 死亡的礼物 [M]. 大卫·威尔斯，译. 芝
加哥：芝加哥大学出版社，1995.

[69] 雅克·德里达. "好客" [M] //吉尔·阿尼达尔. 宗教
行动. 纽约：劳特里奇出版社，2002：356-420.

[70] 雅克·德里达. 秘密的文学：一个不可能的分支 [M] // 赠予死亡. 巴黎：加利利出版社，1999：163-209.

[71] 雅克·德里达. 激情："倾斜的祭品" [M] //大卫·伍德. 德里达：一位批判性读者. 牛津：布莱克威尔出版社，1992：5-35.

[72] 雅克·德里达. 心灵：他者的创新 [M] // 德里克·阿特里奇. 文学行动. 纽约：劳特里奇出版社，1992：311-343.

[73] 雅克·德里达. "自我启封式诗歌文本"：见证的诗学与政治 [M] //迈克尔·P. 克拉克. 美学的复仇：今日理论中文学的位置. 伯克利：加利福尼亚大学出版社，2000：180-207.

[74] 雅克·德里达. 签名 事件 语境 [M] //哲学的边缘. 艾伦·巴斯，译. 芝加哥：芝加哥大学出版社，1982：307-330.

[75] 雅克·德里达. 签名 [M] // 德里克·阿特里奇. 文学行动. 纽约：劳特里奇出版社，1992：344-369.

[76] 雅克·德里达. 马克思的幽灵：债务国家、哀悼活动和新国际 [M]. 佩吉·卡夫，译. 纽约：劳特里奇出版社，1994.

[77] 雅克·德里达. "称作文学的奇怪建制"：雅克·德里达访谈 [M] // 德里克·阿特里奇. 文学行动. 纽约：劳特里奇出版社，1992：33-75.

[78] 雅克·德里达. 没有条件的大学 [M] //不在场证明. 佩吉·卡夫，编译. 斯坦福：斯坦福大学出版社，2002：202-237.

[79] 雅克·德里达. 暴力与形而上学：一篇伊曼纽尔·列维纳斯思想的论文 [M] //写作与差异. 艾伦·巴斯，译. 芝加哥：芝加哥大学出版社，1978：79-153.

[80] 雅克·德里达，杰弗里·本宁顿. 雅克·德里达 [M]. 杰弗里·本宁顿，译. 芝加哥：芝加哥大学出版社，1993.

[81] 雅克·德里达，安妮·杜弗勒芒特尔. 论好客 [M]. 雷切尔·鲍比，译. 斯坦福：斯坦福大学出版社，2000.

[82] 雅克·德里达，皮埃尔-让·拉巴里耶尔. 他性 [M]. 巴黎：奥西里斯出版社，1986.

E

[83] 特里·伊格尔顿. 审美意识形态 [M]. 牛津：布莱克威尔出版社，1990.

[84] 黛安·埃兰. 女性主义与解构主义：恩·阿比姆女士 [M]. 伦敦：劳特里奇出版社，1994.

[85] T. S. 艾略特. 弥尔顿 I [M] //约翰·海沃德. 散文选集. 哈蒙兹沃思：企鹅出版社，1953：116-124.

[86] T. S. 艾略特. 传统与个人才能 [M] //论文集：新版. 纽约：哈考特·布雷斯·约万诺维奇出版社，1950：3-11.

[87] 莫德·埃尔曼. 多变的人：《奥德赛》和《一个青年艺术家的画像》中的父权、身份和命名 [M] //柯林·麦卡比. 詹姆斯·乔伊斯：新观点. 布赖顿：哈维斯特出版社，1991：73-104.

[88] 迈克尔·艾斯金. 列维纳斯、巴赫金、曼德尔施塔姆、策兰著作中的伦理与对话 [M]. 牛津：牛津大学出版社，2000.

F

[89] 斯坦利·E. 费什. 读者中的文学：感受文体学［M］//自我消受的制品：17 世纪文学的经验. 伯克利：加利福尼亚大学出版社，1972：383-427.

[90] 安德鲁·福特. 批评的起源：古希腊的文学文化和诗论［M］. 普林斯顿：普林斯顿大学出版社，2002.

[91] 米歇尔·福柯. 知识考古学［M］. 谢里登·史密斯，译. 伦敦：塔维斯托克出版社，1972.

[92] 米歇尔·福柯. 辩论、政治与问题化：米歇尔·福柯访谈录［M］//保罗·拉比诺. 伦理：主体性与真理. 纽约：纽出版社，1997：111-119.

[93] 德怀特·弗罗. 反对理论：道德哲学的大陆性和分析性挑战［M］. 纽约：劳特里奇出版社，1995.

G

[94] 汉斯-乔治·加达默尔. 美的相关性［M］//罗伯特·贝纳斯科尼. "美的相关性"及其他文章. 尼古拉斯·沃克，译. 剑桥：剑桥大学出版社，1986：3-53.

[95] 汉斯-乔治·加达默尔. 真理与方法［M］. 乔尔·魏因斯海默，唐纳德·G，马歇尔，译. 纽约：科罗斯诺德出版社，1991.

[96] 马丁·甘蒙. "典范的原创性：康德论天才与模仿［J］. 哲学史杂志，1997，35：563-592.

[97] 鲁道夫·加斯切. 差异的发明：论雅克·德里达［M］. 剑桥：哈佛大学出版社，1994.

[98] 贝里斯·高特，多米尼克·麦基弗·洛佩斯. 劳特里奇美学导读［M］. 伦敦：劳特里奇出版社，2001.

［99］ 杰克·格里克曼. 艺术中的创造性 ［M］//约瑟夫·马戈利斯. 哲学看艺术：当代美学读本. 3 版. 费城：天普大学出版社，1987：145-161.

［100］ E. H. 贡布里希. 艺术与幻觉：图像再现的心理学研究 ［M］. 伦敦：菲登出版社，1960.

H

［101］ 彼得·霍尔沃德. 绝对后殖民：单数与特殊之间的写作 ［M］. 曼彻斯特：曼彻斯特大学出版社，2001.

［102］ 杰弗里·G. 哈珀姆. 拨乱反正：语言、文学和伦理 ［M］. 芝加哥：芝加哥大学出版社，1992.

［103］ 马丁·海德格尔. 艺术作品的起源 ［M］//诗歌·语言·思想. 阿尔伯特·霍夫施塔特，译. 纽约：哈珀和罗出版社，1971：15-87.

［104］ 玛丽安·霍布森. 雅克·德里达：开场白 ［M］. 伦敦：劳特里奇出版社，1998.

I

［105］ 沃尔夫冈·伊瑟尔. 阅读行动：审美反应理论 ［M］. 巴尔的摩：约翰·霍普金斯大学出版社，1978.

［106］ 沃尔夫冈·伊瑟尔. 隐含的读者：从班扬到贝克特的散文小说中的传播模式 ［M］. 巴尔的摩：约翰·霍普金斯大学出版社，1974.

J

［107］ 弗雷德里克·詹姆逊. 政治无意识：作为一种社会象征性行动的叙事 ［M］. 伊萨卡市：康奈尔大学出版社，1981.

［108］ 汉斯·罗伯特·尧斯. 走向接受伦理 ［M］. 蒂莫西·巴

赫蒂, 译. 明尼阿波利斯: 明尼苏达大学出版社, 1982.

[109] 芭芭拉·约翰逊. 关键差异: 当代阅读修辞 [M]. 巴尔的摩: 约翰·霍普金斯大学出版社, 1980.

[110] 詹姆斯·乔伊斯. 尤利西斯 (3卷) [M]. 汉斯·沃尔特·盖布尔, 沃尔夫哈德·斯坦普, 克劳斯·梅尔基奥尔, 编. 纽约: 加兰出版社, 1984.

K

[111] 佩吉·卡米夫. 德里达的读者: 盲人之间 [M]. 纽约: 哥伦比亚大学出版社, 1991.

[112] 以马内利·康德. 判断力批判 [M]. 维尔纳·S. 普鲁哈, 译. 印第安纳波利斯: 哈克特出版公司, 1987.

[113] 托马斯·基南. 责任寓言: 伦理与政治中的畸变与困境 [M]. 斯坦福: 斯坦福大学出版社, 1997.

[114] 彼得·基维. 所有者与占有者: 亨德尔、莫扎特、贝多芬和音乐天才的观念 [M]. 纽黑文: 耶鲁大学出版社, 2001.

[115] 托马斯·S. 库恩. 科学革命的结构 [M]. 2版. 芝加哥: 芝加哥大学出版社, 1970.

L

[116] 约翰·拉尔. 成为现实: 迈克·尼科尔斯如何重制喜剧和他自己 [J]. 纽约客, 2000-02-21, 28: 196-214.

[117] F.R. 利维斯. 重估: 英国诗歌的传统与发展 [M]. 哈蒙兹沃思: 企鹅出版社, 1964.

[118] 让-雅克·勒塞克勒. 康托尔、拉康、马奥、贝克特, 以及同样的战斗: 阿兰·巴迪欧的哲学 [J]. 激进哲学, 1999, 93: 6-13.

[119] 让-雅克·勒塞克勒. 作为语用学的阐释 [M]. 伦敦：麦克米伦出版公司，1999.

[120] 让-雅克·勒塞克勒. 无义的哲学：维多利亚时代废话文学的直觉 [M]. 伦敦：劳特里奇出版社，1994.

[121] 让-雅克·勒塞克勒. 镜中哲学：语言、废话和欲望 [M]. 伦敦：哈钦森出版社，1985.

[122] 让-雅克·勒塞克勒. 语言的暴力 [M]. 伦敦：劳特里奇出版社，1990.

[123] 弗兰克·兰特里夏，安德鲁·杜波依斯. 细读：读者 [M]. 达勒姆：杜克大学出版社，2003.

[124] 伊曼纽尔·列维纳斯. 存在之外或超越本质 [M]. 阿方索·林吉斯，译. 匹兹堡：杜肯大学出版社，1981.

[125] 伊曼纽尔·列维纳斯. 保罗·塞兰：从存在到他者 [M] //恰当的名字. 迈克尔·B. 史密斯，译. 斯坦福：斯坦福大学出版社，1996：40-46.

[126] 伊曼纽尔·列维纳斯. 现实及它的阴影 [M] //肖恩·汉德. 列维纳斯读本. 牛津：布莱克威尔出版社，1989：129-143.

[127] 伊曼纽尔·列维纳斯. 整体与无限：一篇关于外部性的论文 [M]. 阿方索·林吉斯，译. 匹兹堡：杜肯大学出版社，1969.

[128] 杰罗德·列文森. 牛津美学手册 [M]. 牛津：牛津大学出版社，2003.

[129] 让-弗朗索瓦·利奥塔. 差异：争议中的短语 [M]. 乔治·V.D. 阿比勒，译. 明尼阿波利斯：明尼苏达大学出版社，1988.

[130] 让-弗朗索瓦·利奥塔.后现代状况：关于知识的报告 [M].杰夫·本宁顿，布莱恩·马苏米，译.明尼阿波利斯：明尼苏达大学出版社，1984.

[131] 让-弗朗索瓦·利奥塔.被解释的后现代 [M].朱利安·佩凡尼斯，摩根·托马斯，编.明尼阿波利斯：明尼苏达大学出版社，1993.

[132] 让-弗朗索瓦·利奥塔，让-卢普·泰博.公正游戏 [M].沃兰德·高泽西，译.明尼阿波利斯：明尼苏达大学出版社，1985.

M

[133] 皮埃尔·马舍雷.文学生产理论 [M].杰弗里·沃尔，译.伦敦：劳特里奇和基根·保罗出版社，1978.

[134] 迈克尔·麦克恩.英语小说的起源，1600-1740 [M].巴尔的摩：约翰·霍普金斯大学出版社，1985.

[135] 威利·梅烈.恩格斯的幽灵 [M] //彼得·布塞，安德鲁·斯托特.鬼魂：解构·精神分析·历史.伦敦：麦克米伦出版公司，1999：23-49.

[136] 希利斯·J.米勒.阅读伦理：康德、德曼、艾略特、特洛普、詹姆斯和本杰明 [M].纽约：哥伦比亚大学出版社，1987.

N

[137] 玛莎·C.努斯鲍姆.爱的知识：哲学和文学随笔 [M].纽约：牛津大学出版社，1990.

P

[138] 安德鲁·帕克，伊芙·K.塞奇维克.表演性与表演 [M].纽约：劳特里奇出版社，1995.

[139] 埃兹拉·庞德. 阅读入门 [M]. 伦敦：费伯出版社，1951.

R

[140] 让-米歇尔·拉巴特. 乔伊斯论虚空：怀疑的起源 [M]. 纽约：圣马丁出版社，1991.

[141] 马修·兰普利. 创造性 [J]. 英国美学杂志，1998，38：265-278.

[142] 理查德·兰德. 新鲜空气：关于济慈的文章 [M] //理查德·马钦，克里斯托弗·诺里斯. 后结构主义英国诗歌读物. 剑桥：剑桥大学出版社，1987：294-307.

[143] 比尔·里丁斯. 利奥塔简介：艺术与政治 [M]. 伦敦：劳特里奇出版社，1991.

[144] I. A. 理查兹. 实践批评 [M]. 伦敦：劳特里奇和基根·保罗出版社，1929.

[145] I. A. 理查兹. 文学批评原理 [M]. 2 版. 伦敦：劳特里奇和基根·保罗出版社，1926.

[146] 布鲁斯·罗宾斯. 世俗职业：知识分子·专业主义·文化 [M]. 伦敦：韦尔索出版社，1993.

[147] 吉尔·罗宾斯. 变异的阅读：列维纳斯与文学 [M]. 芝加哥：芝加哥大学出版社，1999.

[148] 查尔斯·罗森. 古典风格：海顿、莫扎特和贝多芬 [M]. 伦敦：费伯出版社，1971.

[149] 查尔斯·罗森. 勋伯格 [M]. 格拉斯哥：丰塔纳/科林斯出版社，1976.

[150] 路易斯·M. 罗森布拉特. 读者·文本·诗歌：文学作品的交易理论 [M]. 卡本代尔：南伊利诺伊大学出版

社，1978.

[151] 尼古拉斯·罗伊尔．德里达之后［M］．曼彻斯特：曼彻斯特大学出版社，1995.

[152] 罗伯特·罗伊斯顿．南非黑人诗选［M］．伦敦：海涅曼出版社，1973.

[153] D. A. 拉塞尔，M. 温特博特姆．古代文学批评［M］．牛津：牛津大学出版社，1972.

S

[154] 爱德华·W. 萨义德．音乐的阐释［M］．伦敦：查托和温达斯出版社，1991.

[155] 让-保罗·萨特．什么是文学？［M］．伯纳德·弗雷希曼，译．伦敦：梅休因出版社，1950.

[156] 费迪南德·索绪尔．普通语言学教程［M］．韦德·巴斯金，译．格拉斯哥：丰塔纳/科林斯出版社，1974.

[157] 伊莱恩·斯卡丽．论美与公正［M］．普林斯顿：普林斯顿大学出版社，1999.

[158] 安东尼·舍尔．失控：自传［M］．伦敦：哈钦森出版社，2001.

[159] 佳娅特丽·C. 斯皮瓦克．德里达《论文字学》译者前言［M］．巴尔的摩：约翰·霍普金斯大学出版社，1976.

[160] 亨利·斯塔恩．维特根斯坦与德里达［M］．林肯：内布拉斯加大学出版社，1984.

[161] 乔治·斯坦纳．创造的语法［M］．伦敦：费伯出版社，2001.

T

[162] 莱昂内尔·特里林．过去的感觉［M］//自由的想象力：

文学与社会随笔．伦敦：水银出版社，1961：181-197.

V

[163] 海伦·温德勒．音乐中发生的事：诗歌、诗人和评论家 [M]．剑桥：哈佛大学出版社，1988.

W

[164] 塞缪尔·韦伯．矛盾：人文与文学研究 [M] //制度与 阐释．明尼阿波利斯：明尼苏达大学出版社，1987： 132-152.

[165] 莫里斯·威茨．理论在美学中的作用 [M] //约瑟夫· 马戈利斯．哲学看艺术：当代美学读本．3 版．费城：天 普大学出版社，1987：143-153.

[166] 诺伯特·维纳．创新：观念的照料和供给 [M]．剑桥： 麻省理工学院出版社，1993.

[167] 雷蒙德·威廉斯．关键词：文化和社会的词汇（修订版） [M]．纽约：牛津大学出版社，1983.

[168] 雷蒙德·威廉斯．马克思主义与文学 [M]．牛津：牛津 大学出版社，1977.

[169] 戴维·威尔斯．德里达与美学：萌芽（重塑深渊） [M] //汤姆·科恩．德里达与人文学科．剑桥：剑桥大 学出版社，2001：108-131.

[170] 路德维希·维特根斯坦．哲学研究 [M]．3 版．G.E.M. 安斯科姆，译．牛津：布莱克威尔出版社，1968.

Y

[171] 爱德华·扬．原创作文研究 [M]．利兹：斯科勒出版 社，1966（1759）.

[172] 罗伯特·扬．解开文字：后结构主义读者 [M]．伦敦：

劳特里奇和基根·保罗出版社, 1981.

Z

[173] 克日什托夫·齐亚雷克. 艺术的力量 [M]. 斯坦福: 斯坦福大学出版社, 2004.